王麟慧 著

# 来不及长大就老了

Laibuji Zhangda
Jiu Laole

来不及长大，
不如从容老去。
因为我眼睛里的快乐，
是世间别无选择的幸福。

中山大学出版社
·广州·

版权所有 翻印必究

图书出版编目（CIP）数据

来不及长大就老了/王麟慧著.—广州：中山大学出版社，2016.10
　　ISBN 978-7-306-05852-2

　　Ⅰ.①来… Ⅱ.①王… Ⅲ.①随笔—作品集—中国—当代 Ⅳ.①I267.1

中国版本图书馆CIP数据核字（2016）第228483号

| | |
|---|---|
| 出 版 人： | 徐　劲 |
| 策划编辑： | 曾育林 |
| 责任编辑： | 曾育林 |
| 封面设计： | 林绵华 |
| 装帧设计： | 林绵华 |
| 责任校对： | 高　洵 |
| 责任技编： | 黄少伟 |
| 出版发行： | 中山大学出版社 |
| 电　　话： | 编辑部 020-84111996，84113349 |
| | 发行部 020-84111998，84111981，84111160 |
| 地　　址： | 广州市新港西路135号 |
| 邮　　编： | 510275　　传　真：020-84036565 |
| 网　　址： | http://www.zsup.com.cn　E-mail:zdcbs@mail.sysu.edu.cn |
| 印 刷 者： | 佛山市浩文彩色印刷有限公司 |
| 规　　格： | 880mm×1230mm　1/32　7.75印张　158千字 |
| 版次印次： | 2016年10月第1版　2016年10月第1次印刷 |
| 定　　价： | 40.00元 |

**如发现本书因印装质量影响阅读，请与出版社发行部联系调换**

# 序

## 清水芙蓉王麟慧

徐小斌

转眼间,我与麟慧已经认识整整八年了。

2001年,我们剧组"烟花三月下扬州",从南京、扬州一路下来,为我们当时马上要投拍的长篇电视连续剧《曹雪芹》寻找外景地。当然,我们要找的是相对保持完好的明清建筑。湖州这个城市令人惊喜:真的很适于居住,有些像欧洲的卢森堡,也是那样小巧而洁净,安静而富庶。感谢湖州电视台的秦建军先生,是他,为我和麟慧的相识做了红娘。

初识麟慧,她端庄、纯净,有古典美,与我甚为相投,我们君子之交淡如水地交往着,却彼此都能感觉到对方的"真"——这个字,在当下,变得越来越昂贵了。

麟慧的文品亦与人品相似,"清水出芙蓉,天然去雕饰",如今,她的"散文集"更是令我惊喜:

在静夜中读这些文字,会感觉到它的质感,几乎像钓鱼线一般细的青草,把你从周围的喧嚣中拉开,一直拉进深深的湖水里,而湖面竟没有惊起一丝縠纹。而湖心深处的清凉芬芳倒是让你享受到了一种久违的奢侈。

麟慧就有这样的本事,明明是个热热闹闹的商业社会,她却可以在闹市之中拂去尘埃，把目光转向了被浮躁社会遗忘了的古寂清芬，守着一盏灯，静静地摩挲着文字和词语，世界隐伏在无边的黑暗之中，她却在精心打造着自己的感觉和体验——这样的静寂与痴迷在众声喧哗中是多么的奢侈啊，它的奢侈并不仅仅在于表面的文字，更在于背后的人品与文品——大家都似乎活得越来越物质，越来越直接，越来越不美了。谈及生活质量，大家首先想到的肯定是物质的改善，而很少有人把真正的享受定位在精神世界。

以文会友的时代已经过去了，但是麟慧的人品和文章，却凿凿实实为她汇聚起很多朋友，由此，她的世界也就越发开阔起来。她的这本书，就是她的内心世界。

麟慧有许多美好而奇绝的想法：

譬如她写她心中的天堂："我向往的天堂，树应该是参天的。而根，必须连在一起的。……在世界范围内还没有形成大规模的红种植，在天堂的山上，却应有尽有。那一粒粒红豆是远古寄往今天的相思。天堂里的山不是很高，可它有森林；它不需要很大，可是能怀抱村庄。最后，也就是最重要的一条，我要告诉世人，天堂里也是有规矩的。这个规矩有时候甚至是残酷的。比如捡拾一根树枝，哪怕是已经枯萎的树枝，也是要被拔指甲的。"

她该算是半个美食家，她写的泰州早茶令人馋涎欲滴："第一道自然是干丝。每人一小碗，由肴肉和香葱等凉拌而成。米黄色的干丝配上微红的肴肉和绿色的香葱，还没开吃，就先把眼睛给养舒坦了。而散发着淡淡豆香的干丝，柔软滑腻，则把味觉诱惑了……本以为这是最后一道点心了，没想到还有最后一道最经典的闻名遐迩的鱼汤面。据说那鱼汤，是用猪骨、鸡骨和黄鳝骨熬制的，呈乳白色，味道油而不腻，鲜而不腥。那面条硬硬的很有弹性，嚼起来异常滑溜，别有一番滋味，就像多年不见的老朋友，开始陌生，渐渐熟悉，回味无穷。"

麟慧的内心，有时又像小女孩一样天真，由于独处他乡的孤独恐惧，她买了个"小木头"为伴，从此便爱如至宝："娃娃就放在沙发上，两个小脚丫跷在外面，连脚底的小皱纹都清晰可见，煞是可爱。想到这么可爱的孩子，大冷天还光着小脚丫，我心中便有十分的不忍，寻思着到单位后，找一个才生过孩子的同事，家里准有多余的小袜子，要一双来，给小木头穿上，它就不会觉得冷了。谁知，那天我下班回家，看到小木头已经穿上了薄绒的鞋子。这才想到，前几天看妈妈在缝什么东西，还以为妈妈在缝制她的钱袋，却原来是在给小木头做鞋呢！现在的小木头，俨然家里的一个成员。它不哭不闹，随你怎么摆布，它都一如既往地注视着你，一副天真烂漫的样子，眼睛纯净得让你不由得不爱它。我知道，在这个竞争激烈的社会，什么样的人都有，什么样的事都会发生，什么样的'犹大'也会存在。可是，这个世界总有一个干净的角落，总有一个不会出卖你的人，而这个人，或许就是小木头了！"最有趣的是，麟慧的恐惧，最初竟是由于我的一本书，想必她看到小木头的时候，也应当念及我这个"始作俑者"吧？一笑。

当然，以麟慧的心性，书中自然少不了品茶，她写道："就拿我眼前的这壶茶来说吧，它已经喝了过半，颜色已经是非常漂亮的琥珀色了，可普洱独有的味道还在，而且渐入佳境。我知道，再喝上几壶，它的颜色会越来越淡，然而它依然通透和明朗，重要的是，它的味道还在，这便是好茶的精髓。我想，这个时候我喝到的，应该是它的茶魂了。或许，在我年华老去的那一天，也能像眼前的这壶茶一样，茶到淡处味尤在，那该是怎样的一道风景！"

是啊，茶到淡处味尤在，这自然该算是人生的最高境界了——"通透""明朗"。"发纤浓于简古，寄至味于淡泊"，麟慧当之无愧！

衷心期待麟慧写出更多的好作品。

是为序。

---

徐小斌，女，著名作家，国家一级编剧。1981年始发表文学作品。迄今为止发表作品四百余万字，出书四十余部。主要作品有《羽蛇》《敦煌遗梦》《德龄公主》《炼狱之花》《双鱼星座》等。曾获全国首届鲁迅文学奖、全国首届女性文学奖、第八届全国图书金钥匙奖、莫斯科国际电影节大奖等重要奖项。作品被译成英国、法国、德国、西班牙、葡萄牙等十余国文字。

# 目 录

## 暖色

　　我有多么爱你,这样朴素的爱,来自天性与宿命,比天空高,比时间远。

船若纤纤绕心头/3
生命中无法承受的爱/9
拒绝长大/13
婆婆之爱/17
人之初,然和而/23
舅舅的小店/32
舅舅已驾鹤仙去/36
表哥/42

## 行色

　　一旦擦肩而过，也许永不邂逅。行者有痕，也许半袜沙子，也许一鞋海水。

行走天路/49
丽江午后/92
章村素描/97
我向往的天堂/105
野象谷情歌/106

## 青色

　　时光刹那，来不及拥抱清晨，便已身披晚霞。这些不能错过的美好和欢喜，是迷药、饥渴和滋养。

爱上烧饼不如爱上你/115
对小白菜炒肉丝的移情别恋/119

泰州早茶不一样的情怀/121
茶到淡处味犹在/125
哪得菩提绿如许/128
温泉之魅/133
暗恋一朵花/137
邻家灯光/140
小木头/143

## 原色

  是柔软雪花下的青草、花朵、岩石和泥土，一盏心灯照耀下的性情。哪怕是疼痛，也不想消失。

肆意葵花多任性/151
邂逅他乡的你/154
其实素素很美/161
另类老人/167
你生命中本该华彩的乐章/172
做你永远的粉丝/179

三十年之后/183

不想消失的疼痛/187

照不见的悲伤/191

所有对她的念想，是手机里的一串数字/196

七夕里的那些陈年往事/198

只为了那道光/203

## 眼色

既然来不及长大，不如从容老去。因为我眼睛里的快乐，是世间别无选择的幸福。

一场灰色的艳遇/209

男人有梦多灿烂/214

亚妹队长/219

窃花有道/224

四个"小朋友"/227

五块钱的爱情/235

我有多么爱你，

这样朴素的爱，

来自天性与宿命，

比天空高，比时间远。

## 船若纤纤绕心头

生命由水而来,当我们乘着生命之船来到世间,便与水结下不解之缘。

我的生命,更与船和水,有着太多太多的联系。真是逝水如梦了无痕,船若纤纤绕心头。

我们家就住在河边。我的爸爸是一条客轮上老实巴交的船员。尽管我曾经听别人叫过他船老大(当地人对船长的称呼),但他确实只是个船员。他在船上兢兢业业地工作了四十多年,把一辈子都交给了船,还没有到退休年龄就病故了。那是1984年5月21日。我记得那天晚上有一次小小的地震。我听到邻居们都惊慌失措地从床上爬起来往外跑。只有我在那一刻巴不得即刻死去,想去陪伴爸爸的心突然惊喜地狂跳起来。

某天晚上,我做了个梦。在梦里,灰蒙蒙的河上静悄悄地漂行着一条船。船把水面切割得如绸缎般柔软。可是没有声音。真静啊!突然,画面转到了岸边奔跑着几个年轻人,后面紧追着一个瘦小的男人。又突然,那几个年轻人掉转头向那个瘦小的男人冲过来,他们紧紧围着那个瘦小的男人,最后把他推进了河里。

"轰……"我被那人落水的巨大声响惊醒,一头汗水。

我听说梦是没有声音的。可我的那个梦里为什么会有这么大的声响呢？

我百思不得其解。我只知道，梦里那个在后面紧紧追赶的人，就是我的爸爸。那天，他是去追赶几个逃票的人。事实上，人是被他追上了，还补了票。可是，那些人在船驶离码头以后，恶毒地用砖块砸他。爸爸被砸得头破血流。

爸爸躺在医院里，没有一个人是代表单位去看他的。爸爸很失落。他心里的伤，比肉体的更重。他不明白他为了工作而受伤，领导怎么会视而不见！他也不懂得一贯谦让的结果，已经让领导感觉不到他的存在。对于领导来说，他这样的人太渺小了，渺小到可以忽略不计。包括后来的加工资。没有人想到他勤奋努力地工作，家里还有三个需要抚养的儿女，而他是多么需要加那么点工资，来维持他的家庭生活和他内心的骄傲。爸爸再一次被忽略了。记忆中，那年除夕，爸爸的船靠岸以后，他不肯回家。好不容易一家人有了难得吃团圆饭的机会，可是爸爸就是闷在船上不回家。对我们一次次的请求充耳不闻。我想，他是被失败感击倒了。他不明白为什么勤勤恳恳的人不如能言善辩的人"来事"？他无法述说他的郁闷，只好选择独自吞噬忧伤。

看着躺在医院病床上的爸爸闷闷不乐，我心里很难受。又不懂得如何安慰他。原本是工伤，不仅应该有单位的慰问、领导的表扬，还应该有补贴，有带薪假期。要是遇上现如今的好时代，还有见义勇为奖。可是，我爸爸躺在医院的时候，什么都没有。作为女儿，我实在无法忍受爸爸在受伤以后更添心里的伤痛。想来想去，只有跑到大街上找一个公用电话，以总工会的名义，给爸爸单位的领导打了个电话，问他们：工人因工受伤，单位是不是知道？

单位领导终于到医院看望爸爸了。当我看到爸爸舒展的笑脸时，喜极而泣。我幸福的感觉远远超过了因撒谎而产生的内心愧疚！

这是一个埋藏了二十多年的秘密，除了我这个始作俑者，没有人知道。

其实，有关船与河的记忆，多半还是温暖的。

小时候，我们家就住在河边。确切地说，是在衣裳街的馆驿河边。历史上，这里曾是官方邮递交流和书生赶考的水上驿站，曾经轰动一时。可是，在我记事的时候，那个地方就只是一条内河了，其主要的作用，已非当年的水上驿站能比。

河水静静地穿过这个城市的胸膛，滋润了城市的心肺，又静静地流向太湖。这就是我们家门前的河，它在我曾经居住的老屋那一段叫馆驿河，如今我们统称它母亲河。在我们这个水乡城市里，它是我们百姓赖以生存的河。

幼时，馆驿河上常常停了很多农家的船只。他们有些是来卖土特产的，咸菜、榨菜、土豆、地瓜什么的；有些是来城里运肥的；夏天的时候，还有来城里卖西瓜的。他们吃住都在船上。每当傍晚，船上袅袅炊烟中飘舞的饭菜香，常常让站在岸边的我好生羡慕。这些船有时候会在岸边停留几天，直到他们卖完了船上的东西，才掉转船头回乡。

馆驿河边还有一家卖水缸的店。大大小小的水缸，像帽子一样扣满了河边。这让原本不宽的河，显得拥挤也更热闹了。有时候还有公家的船，也就是航运公司的船，停在一些船的外围。而我最喜欢越过一条条船，去那些船上洗东西。因为这些船的船沿离水面近，离岸边远，水干净，洗东西比在埠头台阶上更舒服，还不用等。更重要的一个原因是，我爸爸也是船员，他常年在外，很少在家，爱屋及乌，我喜欢这些船以及船上的一切（包括船员）。总觉得在这样的船上洗东西，像是在洗那份对爸爸的思念。

两年前我看到一本名为《记忆湖州》的画册，那里面就有馆驿河以及河埠头的照片。只可惜，照片里面曾经发生的故事都已经随风而去。

后来我们搬家了，可依然没有离开那条河。那是在航运公司客运码头附近。

到了新家，最大的变化是天天枕着汽笛声睡觉。到后来，听到什么汽笛声响，就知道是什么船到了、什么船要开了。可惜，现在能记起的，只有下午三点多的汽笛响，那必定是去上海的客船要开了。

回忆那些和船密切相关的日子，我总是情不自禁地想起已经离去的爸爸。一个勤于思而讷于言，只知道默默工作，不懂得巧舌逢迎的普通船员。他叫王永春，曾经是航运公司客运所的一个工人。想起他曾经为了抓几个逃票的乘客而遭恶意报复；想起他十四岁就进入了被称为"撑船、打铁、磨豆腐"这天下最苦的行当；想起他四十多年风里来雨里去，风餐露宿，积劳成疾，不到退休年龄就故世。每每想起这些，心里就酸酸的。

是啊！有关船的记忆，总是离不开爸爸。

小时候，爸爸常年在外，我们就生活在等待和盼望他的日子里。有时候他上岸（我们习惯把船员回家称上岸），会带些烧饼回来。当然这些烧饼被爸爸在轮机房里烘得松松脆脆的，比之一般的烧饼，虽然没变，却多了额外的米香，味道就要好上许多倍。咬在嘴里，咔嘣脆，那个美啊！每每想之，不胜怀念。三分钱一个的烧饼，能吃到这个份上，也算是物尽所值了吧！有时候，爸爸会用饭盒带些好吃的菜回来。有时候是螃蟹，有时候是虾，有时候是河鳗。这些个一年也难得的"有时候"，在我们曾经贫瘠的生活中，鲜活得就像发生在昨天。有一段时间爸爸开上海班，带回来的是一粒粒水果糖，尽管没有当时最风靡的大白兔糖（不是买不到，而是买不起），却已经是我们的节日了。

有人说，爸爸是女儿的第一个情人，想想真是不假。那个时候，想到爸爸，心里总是甜甜的，充满了期盼。

有段时间,爸爸在开往大钱的船上工作。那个航班的码头在老北门。从我们家到老北门,可以沿着河边走,穿过整个城市,要走一个小时。而爸爸虽然每天要在湖州和大钱往来多次,但是晚上却要宿在大钱。为了见爸爸一面,我每个星期都会赶去老北门码头。常有挎着竹篮的老农跟爸爸打招呼:"王老大,这是你女儿啊,长得多水灵啊!"我常常在这种得意中,和爸爸说几句话,然后怀揣爸爸给的零花钱,欢天喜地地回家。在路上,我会花两分钱买一包酱油瓜子,一路走一路嗑,一边嗑一边想,爸爸这会儿在船上干什么呢?船又该到哪里了?内心充满了甜蜜!

童年的日子,生活虽不富裕,但我们兄妹三个却从来没有感到日子的艰辛。这得益于我们的父母一贯以来"再苦也不能苦孩子"的理念。爸爸故世后,我们从跟爸爸一同工作的船员口中得知,爸爸在船上是从不吃他买回来的那些东西的。他常常是几棵青菜一块豆腐果腹,严重的营养不良使他得了肝病,又转化为肝癌,不到六十岁就病故了。

爸爸离开我们已经三十多年了。三十多年的变化很大,无法一一细说。只有一样依然没变,我们家兄妹三人还有老母亲,仍然家住在河边。我们与水有着天然亲情,无法分开。

我们现在居住的小区叫河畔居。就在母亲河边,它离我曾经居住的馆驿河两百来米。母亲河经过整治,比原来更漂亮了。

晚上,我枕着河水,常常能听到河边桃红柳绿们在清风中吟唱。门前的小花园，经过几年的培育，现在已经"冬有阳光夏有荫，春有鲜花秋有果"了。跟儿时的居住条件相比，算得上是天堂了。爸爸如果在天有灵，知道我们今天的幸福生活，也该欣慰了吧！

只是有时候我还会情不自禁地跨出院子，来到河边，望着那条河发呆。

我想，也许我的前世是条鱼吧！要不然，我怎么会一辈子跟水分不开呀？！

## 生命中无法承受的爱

如果有一天有人告诉你，你的生命将维持不超过两个月，你会用这两个月做什么？

周游世界，游遍山山水水，然后在一个无人知道的角落安眠？去了结一个想了而未了的心愿？做以前想做而不能做的事？找个随便碰到的人打一架，发泄一直以来心中的怨气？抑或躺在医院的病床上，享受亲人的抚爱，求生等死？

这都是想象，不到身临其境，都是纸上谈兵，作不得数。

而我现在想的是：生命不是因为脆弱才涌现了那么多的强者。所以，珍惜生命中的每分每秒，才是人活着的真正价值。而真正领会这一点，却让我付出了沉重的代价。

20世纪80年代临近春节的一天，父亲被突然诊断患了肝癌，手术和治疗都没有意义，医生等于给我们下达了死亡通知书。当医生告诉我"还是回家吧，至少可以和家人团团圆圆地过个年"时，我简直无法用语言来形容当时的感觉，只觉得天突然像一口黑锅压了下来，眼前是漆黑一团。

作为家中的长女，我自以为是地将这一噩耗埋在心里，瞒着父亲，让我最挚爱的亲人在满腹的狐疑中走完了生命的历程。油灯耗尽的父亲是在医院里无声无息地走的，没有亲人相伴，没有遗言，他至死还在问："我得的是什么病？为什么总是好不了？"

这是我在三十多年前犯下的一个致命的错误。我想，父亲若地下有知，他必定恨我，是我的无知让他极有限的生命白白浪费给了医院和病床。尽管我不知道在这样一个残酷的现实面前父亲会做何种选择，但我知道，性格刚强的父亲一定不甘心将自己交给不可知的未来。

如今，我的女友也面临和我当年一样残酷的现实，眼睁睁地看着病魔一口口地吞噬她丈夫鲜活的生命。再看着她每晚以泪洗面，白天却在丈夫面前谈笑风生，装得若无其事。我除了惊叹女友那柔弱的生命能承受那么大痛苦之外，不由得内心一阵阵的生疼，父亲的身影也历历在目，我为女友那份强颜的欢笑深深地怜惜。

是啊，爱有时候就这么无奈。生命的无常让我们在拥有爱的时候不懂得如何去珍惜,却让我们在无法选择之时去选择,这就是生活。选择为我们所爱的人留一个自主的空间,这是不是最明智的选择?我告诉女友:"尽管我们的愿望是善良的,是出于对亲人的爱,但我们的愿望给亲人带来的是无法承受的爱。"

一个鲜活的生命,当他还有两个月的时间,你是让他在有力量与病魔做斗争的时候给他一份支撑的力量,让他有限的生命活出一份明白,活出一份气概,还是让他在病床上不明不白地耗掉珍贵的分分秒秒?

幸好我的女友是明智的。她最终选择了与丈夫共同面对,与绝望做斗争。虽然在我写这篇文章时,奇迹没有出现,女友的丈夫已故世,但至少女友的丈夫是在明明白白中像个男子汉一样地走完了生命的历程。当她以后想到丈夫,想到他们曾经的并肩战斗,内心充满的应该是欣慰。

是的,社会的进步、文明的发展无不告诉我们:"人,作为社会的主体,他不应该仅仅是活着,还应该活出质量,活出精神来。"

生命因为有了爱才美丽,但爱如果成了生活中的一份沉重、一份无奈,从而让我们的亲人无法承受,那不是倒退吗?

是啊!生命中因为有了无法承受的爱,才酿造了无数有为的承担。

## 拒绝长大

周末,照例是享受懒觉。母亲还是跟往常一样,把热牛奶和煮鸡蛋给我拿到房间。我正在脸上抹面霜,母亲问,今天中午回家吃饭吗?我漫不经心地告诉她,今天去老师家吃饭。

母亲知道我说的老师是谁,那是我在插队时教我拉小提琴的谢老师。母亲说,现在跟谢老师一起在琴行教小提琴的某某某,人品不行,千万别理,这个人言而无信!

我心里"咯噔"了一下,没想到事情过去那么多年了,母亲对这件事还是那么耿耿于怀。

事情的原委要追溯到很多年前我插队的时候。

那是小提琴曲《梁山伯与祝英台》正红火的年代。我和很多年轻人一样,痴迷于这段如泣如诉的爱情故事,因为对那段忧伤而美丽旋律的喜爱,疯狂地喜欢上了小提琴。最重要的是,当时有人答应当我的老师,教我拉小提琴,所以,明知家里没钱,还是跟父母亲要小提琴。

能说的理由都让我说尽了,最后终于说动了父母亲,同意给我买小提琴。

但是,那些年商店里小提琴不好买,常常断货。我母亲就在同事中托人。恰有母亲同事的爱人从京剧团退役,家里有一把旧的小提琴要卖,价钱比商店里卖的要便宜些。我母亲马上赶到我插队的地方,问我:"要不要?"饥不择食的我,自然欣喜若狂:"要!要!要!"

那几天晚上,我激动得睡不着觉,焦急地等待着那把梦寐以求的小提琴。可是,当我母亲再次来到的时候,她手上并没有小提琴。那一刻我的失望已如冷水从头浇到脚,冰凉至极,只有哗哗的泪水在向母亲诉说。

母亲告诉我,那把小提琴,已经让某某某卖掉了。当然是卖给了别人。

我马上在脑海里翻腾,是母亲来乡下问我要不要,因此耽搁了时间。那一刻的悔啊,真把肠子都悔青了。

事情过去了那么多年,母亲重提往事,依然不能释怀:"他这个人怎么可以这样?明明已答应卖给我们,怎么能卖给别人呢?他竟然说:'这有什么?我愿意卖给谁,就卖给谁!'"

是啊,换作是今天,买卖是多么平常的行为。爱买爱卖,都是个人说了算。而且,还可以竞争,谁出的价钱高,就卖给谁。天经地义。

可那是在20世纪70年代,计划经济教给我们的做事规矩就是讲计划、讲诚信。我们只懂得言而有信,只看重言必信,行必果。

我们还是牢牢地固守着这样的准则：买卖要讲信誉，做人要讲诚信。

母亲就这样让一个不讲诚信的人"卖"了。她对这种满口许诺，却频频变卦，说话不算数的人不能容忍，因为那是品德问题。但她依然善良，帮着她的同事说话："她是同意卖给我们的，是她的先生某某某变卦，她也没办法。"

母亲就是这样，以自己的品性来揣摩别人的好坏。她对人深信不疑，觉得是人，就要说话算话。由此，她总是把别人的话当真的。因为这个，她上过不止一次的当。

有一年，家里来了几个年轻人。他们说来城里打工，还没有找到住的地方，粮食带在身边不方便，想卖掉，换些粮票和钱。还说，是新米，就按粮站的价格卖。很像现在的网上买货，送货上门。我们家里有米，不需要买。可是母亲同情他们，怕他们把米带在身边不方便，加之他们说那是新米，毕竟有吸引力，所以就同意了。

那几个人一个称米，一个做记录。母亲还一个劲地说："我们已经有米了，你们要是找到地方了，还可以把米退给你们。随时过来取啊！"那几个人就说："难得见到你这么热心肠的阿姨，谢谢了。"一边称，一边还把秤砣翘得高高的。

我那时候光顾着自己看书，也没在意母亲那边的动静。

后来，母亲沮丧地告诉我：总共一百来斤米，等他们走了以后，感觉不对劲，一称，少了将近一半。说着这些的母亲，一副受伤的模样。

我的心沉了一下，又揪了一下，却无法言语。我知道，那不是钱的问题。对于母亲这样一个向来毫无戒备的人来讲，这样的伤害，是她实在难以承受的。她向来节衣缩食，以一副好心肠待人，却被人骗了，怎么能不心疼呢？

母亲识字不多，有限认识的几个字，是新中国成立后参加政府的扫盲班学来的。多年不用，也大半荒废了。她现在看一些简单的标签，常常是"蒙"出来的，往往能够"蒙"对一半。

比如："江南茗茶"这几个字，第三个字她是念不出的，可她认识下面那个"名字"的"名"，于是她就念"名"，还真让她念对了。至于到底什么意思，她就说不上来了。中国有很多形声字，她这种无师自通的本领，经常能够歪打正着。

母亲对人的信任，好像有些她们家族的特色。就比如我舅舅，她的哥哥，也是这样无端地表现出对任何人或事的信任。

记得我刚学会开车的时候，只有母亲和舅舅对此深信不疑。他们没有表现出半点对我这个新手的不放心。舅舅甚至惊喜地说："麟慧也能开车了啊！"然后就放心地坐在我的车上。

母亲对人的这种信任，一直被我嘲笑。我们笑我们的，她还是做她的。她就像个拒绝长大的孩子，活在自己的世界里。有时候感觉她这样也挺好，内心像孩子一样干净，生活像孩子一样简单。她的快乐和痛苦，都和"为了自己"无关。她为亲人活着，替他人分忧，所以能和子女相安无事。她心里没有那些乱七八糟的事，所以生活很轻松自在。

我很高兴母亲这样单纯地活着。愿意她这样简单地生活！

逝者如斯夫。如今，母亲已然87岁高龄，她因为冷冻厂的职业病，落下了类风湿性关节炎这个被称为"不死癌症"的病，这些年来，她摔断过腰，摔断过髋关节，整个人因为服药后遗症，骨质钙化，行走困难，加之她常年服用安眠药，记忆力严重衰退，我们拿爸爸年轻时的照片给她看，她居然说不认识这个人，甚至，连她自己年轻时的照片都认不出。但是说起当年的买米，她依然一副受伤害的模样。她与这个社会既联系又有脱节。而我在想：世道那么繁杂，她已经过了纷争的年龄，"围棋思维"的模式对她来讲太深奥了，世俗已经无法污染她。我应该庆幸。

## 婆婆之爱

梅雨时节的江南，一忽儿太阳一忽儿雨。

太阳是厌厌的，雨是绵绵的，就像抽不完的蚕丝，没完没了，一直下个不停。

下班后，我刚想把车停进车库，手机响了。

是婆婆打来的，问我吃晚饭了没。我告诉她，才到家门口，还没呢。她赶紧说，那你千万等一下，我给你送馄饨过来。

我赶紧说不要送了，下着雨，您年纪大了，不方便。可是婆婆坚持让我等她，说要送过来。

这么大的雨，婆婆又不会骑车，走过来虽然路途不远，但是正值下班高峰期，车多人杂，她毕竟七十多岁了。我实在不放心。于是赶紧说，您别送了，还是我来拿吧！婆婆在那边很高兴地答应了。

馄饨本不值什么钱。家门口就有一家金师傅馄饨店，一个电话，无论生的、熟的，素的、荤的，野菜的、海鲜的，马上可以送来。但婆婆的馄饨不一样，这是她对孩子的情和爱。她知道我喜欢吃馄饨，只要有机会，做了总给我送过来。这份情谊，不是金钱可以买到的，也不是山珍海味能够取代的。所以我很看重。

婆婆退休前是个小学教师。虽然出生在大户人家，却因父母早逝而幼年饱受苦难。十岁左右，就被送给人家当养女。

虽然那是一个殷实的家庭，但不曾生育过孩子的养母不懂得怎么疼爱孩子，因此婆婆的童年很压抑，也很孤独。

我想到她在那个缺少爱的家庭里生活无忧却内心凄苦，心里也是沉重。

婆婆个性刚强，从小就知道自己想要什么。她坚持读完了高小，然后去做了小学教师。对于婚姻，她也很有主见，坚决不肯和养父母给她物色的对象结婚,而是嫁给了一个自己相中的穷苦人家的孩子。

婆婆爱屋及乌,对丈夫的父母是孝顺的。虽然偶尔对婆婆也颇有微词,嫌她对孩子的爱不公,但她在生活中,却一直是个孝顺媳妇。当她的婆婆,我们的"娘娘"(奶奶)年老时,是她毅然把"娘娘"接来照顾。她们婆媳之间虽然也磕磕绊绊,但那是亲人之间的插科打诨,生活的调味品。她从来没有在生活中亏待过"娘娘"。

其实,我当初选定爱人并决定要和他过一辈子的时候,更多的是选择了这个家庭。确切地说,是被婆婆的言行所感动。

记得那是在20世纪70年代末,我还在一所技校读书,拿着每月十四块钱的助学金。

快过年了,我口袋里揣着刚发的助学金和妈妈给我买年货的钱,和男朋友逛街。在当时,三十多块钱可不是小数目,一个四级钳工一个月的工资也不过这么多。大概对这笔钱太小心了,生怕丢,老是查看。不料却被小偷给惦记上了。等我给朋友买好葡萄糖,准备去邮局邮寄时,突然发现,钱不见了。

当时,我急得直想哭。年货没钱买,回去怎么向妈妈交代呢?一家人怎么过年呢?和我一起逛街的男友,也是刚从学校毕业,身上也没有什么钱。看着我那么难过,腼腆的他,连句安慰的话都说不出口。

过了一天,他来了,给我送来了三十元钱。说,他母亲听说了这件事以后,发动了他的两个妹妹,每人拿出了十元钱,连同他母亲的十元,凑了三十元钱,要我一定收下。他的理由很简单,三十元钱虽然不是一笔小数目,但由三个人分担,分量就没那么重了,希望可以帮到我。

这是我生平第一次接受这么大的一笔馈赠,可说是巨款了。我当初竟然毫不犹豫地接受了,原因在于那笔钱让我看到了一个家庭对我的接纳和认可。我想,在这样一个充满爱的家庭里生活,还有什么可犹豫的?对这个家庭和这个人的好感就这么牢固地建立起来了。

认识婆婆有一个过程。

婆婆开始是在学校里教书,后来担任了学校的出纳工作。她对工作的认真负责,让我见识了另一个她。

记忆最深的是,只要她管的账有一分钱和账面对不起来,她就不下班,一定要查个水落石出。我们也常常因为等她下班而不能按时吃饭。我嘴上不说,心里却有点小意见,不就是少一分钱么?补上不就得了。至于吗?后来我自己当了会计,才知道,对于一个整天跟金钱打交道的财会人员来说,这种一丝不苟的精神,是非常珍贵的职业精神。

时间长了,慢慢发现婆婆是个很会精打细算的人。无论单位的账,还是家里的账,她每天都一笔不落地记着。

她退休后,我跟她聊起过她的账本。她说已经满满地记了一大摞了。在以前生活拮据的时候,账目中开支的数目精确到分。生活条件好转后,她依然认真地记录着这些琐碎的日常开支,只是,精确的数字往前推到了角、元了。也亏了婆婆这样精打细算,才使这个负担沉重的家庭,没有因为缺钱而忍饥挨饿、缺衣少穿。

1999年国庆五十周年的时候,电视台要做一档节目,反映新中国成立五十周年来百姓生活的变化,我就想到了婆婆的账本。

可是我没能如愿。婆婆不同意公开她的账本。她认为这是一个家庭主妇应该做的,不值得炫耀。

有一年,先生提到现在国家正在征集民间史料,婆婆的账本应该是很好的资料,上面每一笔细小的开支,都反映了某个阶段百姓生活的变化,相当于民间的一本物价史。于是,先生跟婆婆玩笑说,那个账本以后一定要留给他。婆婆微笑着不置可否。

我想,婆婆如此冰雪聪明,要留给孩子什么,必定是心如明镜的吧。

20世纪80年代末,我在一所民办幼儿园当老师,同时,业余时间读电大。熬了三年,总算剩下最后一个学期的最后一门课了,考试时间却正好跟上班时间冲突。

园主任不知道为什么,就是不准我请假。也不同意我和别的老师调班。尽管我再三恳求,说明考试时间和上班有冲突是我无法避免的。可是，园主任不知哪根筋搭错了，就是不答应，还把同意跟我调班的老师批评了一顿。那位老师只好对我说，不能跟我调班了。

这可怎么办啊？婆婆知道这个事情以后，很干脆地说，这还不好解决？就半天时间，我替你代班，你安心去考试吧。

当我考完试，心急火燎地赶回幼儿园时，那群孩子正聚精会神地听婆婆讲故事呢！

事情过去那么多年了，想起我电大的毕业考试，竟然是在婆婆的帮助下完成的，依然感到温馨。什么是家？我认为，家就是在你遇到挫折时，做你靠背的那个地方。2016年湖州市妇联出了一本书，宣传美好家庭的，题目就是《暖暖的港湾》，虽然不够时髦，我却觉得挺实在的。而媳妇考试，婆婆代为上班，虽然算不上天下奇闻，却也是世间鲜有的吧？

婆婆爱家人，更爱她的丈夫，她口口声声说，排在她的生命里第一位的，是丈夫。

晚年的公公身体不好，为了让我们安心工作，全是婆婆悉心照料。公公去世那一天，是在婆婆的身边安然睡去的，他面容安详，像个熟睡的孩子。是什么样的爱，能让公公这么了无牵挂地离去？我不敢妄加猜测，但是，如公公婆婆那样，爱到尽头依然历久弥新的夫妻，实在不多。如今，物质丰富，精神却贫乏，很多人已经丧失了爱的力量。我庆幸，有这样的婆婆给我做榜样。

上天厚待我,给了我一个充满爱心的婆婆。我唯有把这种爱转变成一种感恩、一种大爱。

## 人之初,然和而

然和而,是我的宝贝孙女、孙儿的名字。他们的小名,分别是葡萄和骆骆。

葡萄出生在2012年圣诞节的前两天。

那是一个冬日的午后,在妇产医院的家庭产房里,在我们家人的殷殷期盼中,孩子隆重降生。为她取名费了一番功夫,先把孩子出生的时辰报给友人,被告知孩子的生辰八字缺火,名字里该有火。于是就想,孩子是晚霞夕照时出生,又是自然生产,便取名夕然。孩子的小名很好取,她有一双夺人的大眼睛,便叫她葡萄了。

葡萄出生两个多月了,她的肤色越来越好,呈粉白状态,眼睛大而眼珠黑,如亮亮的葡萄。重要的是她乖,到了无与伦比的状态。朋友告诉我,这是因为孩子健康。

记得她刚出娘胎那会儿,医生把她放在秤台上,她双手乱抓,非常紧张,但是她的哭声很温柔,让我惊为歌唱。我在第一时间发出信息告诉等候的亲人:"我们家天使诞生了。"那一刻,是2011年12月20日下午4点40分,太阳隐约照进产房,连空气都是柔软

的。可惜，紧张中，我们事先准备好的相机没用上，要不是家人告诉我拍些照片，连用手机拍摄的照片都没有。我太紧张，拍照片竟然不知道怎么关上散光灯，还是孩子她妈，在产床上帮着关闭了散光灯。那个时候，医生还在给她做后期处理。这就是妈妈。

葡萄出生第二天，护士给她洗澡。当她被脱去外衣，胸口毫无阻挡的时候，安全感顿失，双手乱抓，拼命哭。我们还来不及心疼，护士就把她放入温水之中，葡萄立马安静了。这种安静，让我想到了生命由水而来。

葡萄出生第三天，我在医院陪护，晚上竟然听到她清脆的笑声，只可惜当时她妈妈在睡梦中，而唯一醒着的我，看到熟睡中的葡萄，想到的第一件事，就是葡萄以后还可以去学着当歌唱家，谁让我们嗓音条件好呢！关于这个情节，可以用一句诗歌来说明：你信与不信，他就在那里。

葡萄出生第五天，护士让她游泳，她对于水，已经很有经验了，尽管前一分钟还在为护士脱她的衣服而紧张，一接触到水，便很享受地在水里转悠了。当护士轻轻摆动她的双脚，她居然也能用小脚轻轻划动，随波起伏。我拿出了手机，用曾经在电视台工作的看家本领，拍摄了她平生的第一段录像。现在回过头去看那段视频，葡萄显得安静、从容。她的第一次游泳，是以她在水里舒服地睡着而结束的。我不知道其他婴儿第一次游泳是怎样的，但我们家葡萄的第一次，可以用两个字来形容：淡定。我知道，用这样的字眼去形容一个才出生不到一周的婴儿有些过了，但是，婴儿与生俱来跟水的亲情，通过葡萄演绎给我看，依然让我惊为天才。

很多人说，孩子一出生，就是个本色演员，他们毫无做作的表情，常常能告诉我们很多信息。某天（大概出生半个月的时候吧），小葡萄眉头稍稍一紧，接着又悄悄用力，末了是开心地笑了。我告诉孩子妈妈，如果我说的没错，小葡萄一定是拉便便了。打开尿布一看，果然"黄金万两"了啊。有了这样杰出的表现，小葡萄两个月以后，大小便便，几乎都可以把出来了。

葡萄爱干净，只要热毛巾轻轻搭上她的脸，立马就安静了。她出生还不到两个半月，就已经表现出惊人的善良，让我们汗颜。某天上午给葡萄洗完澡，按常规，她喝点奶就睡了。这天也是，想给她喝奶，她喝几口就躲开了。她妈妈以为她是嫌奶水多来不及吞，所以等她歇会儿，又给她喝。她又喝几口，又哭着躲开。她妈妈让她歇会儿又给她喝。她哭着喝了几口，又躲开。这样，喝了躲，躲了喝，终于，她小小的胃盛不下了，费尽力气喝下去的奶，全吐出来，这时候，葡萄总算安静了。我们突然发现，葡萄哭，是因为她累了想睡觉，而我们却自以为是地认为她想喝奶。这真是件要命的事情。误会，来自大人的粗心，更来自葡萄的善良。她另一方面的意思是，既然你们一定要我喝，我就勉为其难地喝一口吧，没想到你们没完没了了，我用哭声一个劲地抗议，依然换不来你们的理解。我想，葡萄要是会说话，一定会狠狠地说，你们真是不见棺材不掉泪啊!

小葡萄的表现,乖到了让人心疼的地步。我们给她把尿,她总是能尽力给一点,实在没有了,她会动动脚抗议,我们在彼此的猜测中,互相协调。还有三天葡萄就满三个月了,她演出了一场好戏,让我们忍俊不禁。中午,她很高兴地躺在沙发上跟我们咿咿呀呀聊天,我看她高兴,抱她起来,想给她把尿。她从姿势里感觉到我要给她把尿,立马抑扬顿挫地用哭声来抗议,自然,她胜利了,而我在惊讶中,满心的喜悦,世界上怎么有如此聪明的孩子呢?其实,我知道这是我们爱她到没有理智,大凡健康的孩子,都有这样的心智。

在她一周岁多的那年,我们带她出去旅游,在宾馆结账时,她看到别人跟她妈妈一样的旅行箱,就跟在后面,怎么也不肯走,我去抱她,依然不肯,紧紧地跟着旅行箱,待我明白她是怕别人拿走旅行箱时,不禁哈哈大笑。我把她抱回她妈妈的旅行箱旁边,她才释然。还有一次,她爷爷看着她漂亮的眼睛说:"葡萄,你的眼睛会杀人的。"葡萄赶紧辩解:"我杀大灰狼的。"某天,葡萄闻鞭炮声,问:"奶奶,这是什么声音?""这是鞭炮声,有人要结婚了。"奶奶接着说,"等我们葡萄长发及腰的时候,也要结婚的,葡萄结婚的时候想要什么啊?""妈妈说给我买一辆很帅很帅的车。"葡萄说。"那葡萄还想要什么?奶奶给买。""我要波力海苔。""那葡萄还想要什么?""不要了,我有很多玩具。""你的玩具也要当嫁妆吗？"葡萄点点头说："我要嫁到奶奶家，跟奶奶结婚。"瞬间让我乐翻。

可爱如葡萄，才会被朋友誉为"葡萄未酿时，美酒已醉人"。

如今，葡萄已经四周岁了，上幼儿园小班，她俨然是个大孩子。某天，我跟她开玩笑："葡萄，你的眼睛这么美，要杀人的。"她马上说："哪里？哪里？我杀谁了？"同样是一句玩笑，通过葡萄的表现，世道已然变迁。

葡萄弟弟出生在2014年9月9日。相比他的姐姐葡萄，他的到来，因为匆忙，导致我们显得漫不经心。原因在于那时候"单独"政策（双方其一不是独生子女，不能生育二胎）还没有放开。而他却不请自来。怎么办？她妈妈两次去医院，两次被吓回来。第三次去的时候，医生告诉她，"单独"政策马上放开了，恭喜你！果不其然，一周后，"单独"也能生二胎的政策下来了。我跟他妈妈跑前跑后开证明，总算把他的生育许可证打来了。也因为第二胎，有经验了，所以，他来的时候，实在没顾上家庭产房什么的。半夜里他妈妈肚子疼，去了医院，凌晨四点，我们赶到医院，五点不到，他就出生了。我只知道医生让她妈妈慢点、慢点，可那时候的快慢，哪里由得了人？他就这样不管不顾地来了，颇有些男子汉的大将风范。依据他的生辰八字，知道这孩子取名字没什么忌讳，于是，在著名作家、编剧高锋老师的建议下，取名周夕而，"然"和"而"，一对姐弟的名字。也象征着生活无论怎么变化，人生总要

向前,总有未来。我翻阅2014年9月9日的微信,短短几个字,却很有意思:

家有喜事,葡萄添弟弟了,他和葡萄组成了我们家一个"好"字。

他出生的第二天便是教师节,和姐姐一样,都跟喜气有关。只是因为是个男孩子,一出生便被赋予重担,要能吃苦耐劳,将来保护姐姐,他的小名,就是骆骆,要像骆驼一样耐饥耐渴,任劳任怨。

骆骆出生时,医生给打了健康的满分。他情商高,无师自通地懂得要得到,必须先给予的道理。他想达到什么目的,先给你们微笑,然后是一个飞吻,若不行,直接给香吻,非达目的不罢休。在我写下这些文字的时候,翻开他五个月时我的记录,有点温暖有点甜:

马年最后一天,给宝贝骆骆点个赞。

早上,骆骆醒来稍晚,一睁开眼,笑。生活如此美好,不笑对不住生活啊。接着奶奶给骆骆洗脸、换尿布、洗屁屁,当然还要搽香香。虽然奶奶说男孩子漂亮了不靠谱,可清爽、阳光还是需要的。这样,骆骆出门会客的时候,是微笑和香喷喷的。

好可爱,姨奶奶上来就狠狠地亲了一口。这算啥事嘛,也太劲爆了吧。算了,我们骆骆肚里可以撑船,就不计较姨奶奶"吃豆腐"了。

接下来骆骆会喝上一百五十毫升奶。喝完奶,奶奶说,今天阳光这么好,骆骆要出去遛遛。于是,姨爷爷帮我们把推车拿到门外路口,奶奶就推着车,带骆骆出门了。

哼,明明说好去遛弯的,奶奶却把骆骆带到农业银行。

本来以为临近除夕,大家都忙着准备年夜饭,没想到大家都忙着去银行喽。银行人多,要排队。奶奶说:"我就把银行卡激活一下,能不能在柜员机办?"一个慈眉善目的保安说不可以,还顺手帮奶奶取了个排队号。

在银行花了半个小时等待。那半个小时里,大家都喊骆骆"心肝",骆骆就管笑,赚了好多溢美之词。总算,奶奶把卡激活了,有点开心,因为卡上有钱了。奶奶说,钱多钱少没关系,单位想着奶奶,总是要感恩的。

回到家,十点了,骆骆有点犯困,奶奶给骆骆喝了一百五十毫升奶,骆骆又眯眯了。这一觉睡到十二点半才醒来。骆骆还是笑,他见人就笑,真想迷死一大片。姨奶奶要给骆骆吃苹果泥,奶奶一个劲说少点,骆骆有点不开心:为什么少点,难道我不喜欢吃吗?但是,苹果泥在姨奶奶手里,骆骆也没办法,且把这账记上。

下午,奶奶和姨奶奶要带骆骆去小区花园走走,刚出门,碰到客人来了,只好让姨奶奶一个人抱着骆骆散步了。

回来后,骆骆拉了"粑粑",洗了澡,又喝了一百五十毫升奶,不用说,又睡觉了。这一睡就是两个小时。

骆骆现在睡觉一定要奶嘴,否则睡梦中都要抗议。奶嘴真好啊,骆骆有了它,白天一觉起码两个小时,晚上起码七个小时,规律得很,看来要谢谢奶嘴先生。

除夕天,姨爷爷来帮我们做年夜饭,不管味道如何,也是要感恩。骆骆虽然只喝奶,也要入席的,年夜饭就是这样,家中无论大小,都要入席的。骆骆看满桌子的菜,有点口水,是馋的。不给吃,就尖叫,就当是练声了,骆骆不太哭,肺活量不够,需要用尖叫来弥补。

马年的最后一天,阳光灿烂,小马驹骆骆很幸福。妈妈放心,爸爸放心,外公外婆和爷爷放心,太奶奶也放心,骆骆在家很好。昨天听骆骆妈妈说,葡萄姐姐想弟弟了,在飞机上哭,奶奶就把骆骆在做什么告诉葡萄姐姐。请你们安心在外面玩,不要惦记家里,骆骆很乖,人见人爱。晚上炮仗声声,但是骆骆不怕,白天预演过了,也就那么点声响,就当催眠曲了。

当新年的钟声响起,骆骆跟大家一样,祝福新年。因为,你们眼睛里的快乐,是骆骆别无选择的幸福。

2016年3月9日,骆骆一周岁半了。他活泼可爱,行动敏捷,稍不留神,他就把篮子里的豆豆扔地上,然后哈哈大笑。他好客,见到有客人来,不是递烟就是递糖果,完了还给香吻,赚得亲朋好友无数个赞。他爱姐姐,喜欢跟在姐姐后面跑,姐姐有时候嫌他烦,就说:"弟弟走开!"他很受伤的样子,然后,趁姐姐不备,上去打姐姐一下。这下心理平衡了,笑。而被打的姐姐,只有哭:

"弟弟打我。"却舍不得打弟弟。然和而,他们让我的生活在前方,快乐并幸福着。

写到这里,我想起了《三字经》里的一句话:"人之初,性本善。"这样的善良+,不知道从什么时候,被我们不经意地丢掉了。成人世界,有的是猜忌、怀疑,更多的时候,是对于未知事件盔甲般地设防,于是,真诚被怀疑,善意被误解。我们都懂得要活在当下的道理,却背负着名利辛苦前行,离善良渐行渐远。我不知道还要多久,我们才能回到"人之初,性本善"的状态。唯有一点是肯定的,如果我们都不主动去体会人之初的本能,性本善,将与我们渐行渐远。

## 舅舅的小店

那年舅舅76岁了,住在离这个城市十多里远的一个半山村里。乡下的舅舅在他那个年代也算是个断文识字的人,但我知道,那充其量也不过是现今小学二年级的水平。那时候的舅舅因为识几个字而成了生产队的经济保管员。管着不多的几个钱和分分稻草之类的农村物资,是舅舅除了农活以外的主要工作。

小时候的我喜欢去乡下舅舅家。在那里,山上的野栗子以及其他一些不知名的野花野果,常常使我沉迷其中而流连忘返。因此,每逢放假，我的一颗心就如长了翅膀一样飞到了舅舅家。

长大后，社交圈子渐渐大起来，走的地方多了，舅舅家就成了心底的一个甜蜜的记忆，不时地泛上来与都市的浮华作对。

再次频频地见到舅舅，是他在农村开了一爿小店以后。因为要到城里进货，舅舅一个月总要来我家几次。每次来，总看到他拿着一个皱巴巴的笔记本，那上面不仅白字连篇，而且许多字还仅仅是个符号。我戏称这是舅舅的"天书"，而舅舅则认真地告诉我："这是村里人想要的东西，一样也不能少啊！"看到舅舅越来越瘦的身形和越来越兴奋的神态，我猜想舅舅的生意一定不错，一问，果然如此，甚至还把村里另一家小店的店主给羡慕得差一点得了红眼病。而我却奇怪，以舅舅的老实憨厚，他何来的生意兴隆，更别提发财了。

两年前，表弟的女朋友第一次上舅舅家。在农村，这是仅次于婚礼的一个重要日子，舅舅特意邀请了我这个城里人去作陪。

记得那是个晴朗的日子，舅舅那幢半新的房子，远远看去，显得很亮很亮，而房子西边的小店则显得有些暗，里面的陈设零乱而无序，显示出主人的忙碌。我想，这样的小店开在城里，恐怕是工商和卫生部门常常要查处的对象。

舅舅的店虽然不大，品种却非常齐全，吃、穿、用几乎无所不有，再加之舅舅卖东西的价格便宜，因此，来买的人很多。为了让舅舅好好地相相未来的媳妇，我自告奋勇帮舅舅站柜台。

这时,一个村里人过来买胶鞋,我利索地包好胶鞋,向他要钱,那个人奇怪地看了我一眼,接着说:"记账!"我一听,马上火了,答了一句:"本店小本经营,概不赊账。"那人一听,只好悻悻地走了。不一会儿,那个人又回来了,手里拿着一张十元的人民币,很神气地要那双胶鞋。看着那个人挺胸离去的背影,我不禁有些苦笑,心想:"既有现在,何必当初。"谁知,当我把这件事当笑话告诉舅舅时,舅舅竟急得一下子追了出去,还不停地埋怨我说:"乡里乡亲的,哪好意思这样做!"而我却无视舅舅的感受,自作主张地提笔写了一张告示,告诉村里人以后小店再不赊账。并把那张告示郑重地贴了出去。

就在那天,我才知道舅舅小店生意兴隆的真正原因是舅舅一如既往、敢于赊账的勇气。那天我和表弟查了一下舅舅的记账本,发现张三、李四的名字一大串,前后加起来,欠账竟有六千多元,加上借给乡邻的钱,共有一万多元。想到舅舅蓬头垢面的样子,他烟不抽、酒不喝,以七十多岁的年老之躯,在城乡间来来往往,就为了守着这个小店,当着这个贫困的万元户,我和表弟不禁有些心酸,真不知舅舅是图个啥?表弟恨恨地说,如果不是看在舅舅老了,让他玩玩这个份上,那个小店早就让他给关了。我问舅舅:"小店开了三年多了,有没有赚过钱?"舅舅说,除了这店里的货,他几乎没赚什么钱,不过,话又说回来,家里吃的油、盐、酱之类的,可以不用去买。说着这些的舅舅,一副心满意足的样子。我帮舅舅算了一笔账,这三年来舅舅有赢利,这赢利便是那账上记着的六千多元赊欠款。六千多元在当年是一个很吸引人的数字，在纸上看着很漂亮。于是，我苦笑着对舅舅说："舅舅啊，您可真是开了一家为民小店啊！"谁知舅舅一听，马上高兴地说："对，对！就是为民小店。"仿佛这是他一直在寻找的四个字。

1999年10月，世纪之交的秋天，舅舅仍然在乡下到城里的那条路上奔忙，只是骑车的身姿不再敏捷，背已开始佝偻。每次到我家，都是匆匆忙忙，说不了几句话。只记得一次舅舅谈到有次他到商场进货时碰到表弟，竟是擦肩而过。对表弟来说，他是没看到父亲，而舅舅则是故意如此。我问舅舅："自己的儿子为何不敢认？"舅舅说："不是不敢，而是不愿。"舅舅是不愿意让别人看到一表人才的表弟有一个邋遢的父亲。听闻此言，我不禁一阵黯然。表弟是舅舅四个子女中最小也是最有出息的一个，他是当年全乡第一个考取北京大学的高才生，毕业后又考取了浙江大学研究生，如今是这个城市唯一一所高等院校的教师。有这样的儿子，舅舅应该是很宽慰了。表弟一直是舅舅生命中的珍宝，只是在那个年代，舅舅珍爱表弟的做法不免原始。

如今，舅舅的那个小店依然开得红红火火，记账本上的数字流水般地增多和减少着，只是增加的永远比减少的多。舅舅还是老样子，那件上衣永远扯不平，还是常会扣错扣子。小店外的墙上，依稀可见我当年贴出那张告示的印记。其实这个告示存在与否又有什么区别？在乡下舅舅的那个村子里，乡亲们信任他，喜欢他，又算计他，这都不重要。重要的是舅舅与乡亲们的那种联系，还有乡亲们总往他小店跑的美好感觉。

是的，晚年的舅舅不缺钱花，只要他愿意，城里儿子的家门是向他敞开的，可舅舅却愿意守着山里的那个村子，守着那个赚不了钱的小店，守着他与乡亲们早已达成的某种默契。想到这些，我的脑海中再次浮现出舅舅当年说着"对！对！就是为民小店"时兴奋的表情。我似乎突然懂了，在那个半山村里，舅舅这个外乡人的生命早已融入生于斯长于斯的当地乡亲中间。一方面，舅舅的小店赚不了钱；另一方面，舅舅却赚足了乡亲的情谊。只是我不知道哪个舅舅更真实些，或者两个都是。

## 舅舅已驾鹤仙去

我的舅舅凌富信就这样静静地离开了我们，没有留下一句话，哪怕是一句叮嘱的话语。

听表哥说，他是在试图搬一块水泥板的时候倒下的。

发现他的时候，已经没有了声息。表哥抱起软软的他，看到他口吐白沫，已经说不出话，只有眼泪汩汩而出。

表哥拨打了120把舅舅送到医院，人已经不行了。做CT发现，他的头颅里出了150毫升的血。用医生的话说，从来没有为脑颅出了那么多血的人动过手术，更何况还是八十多岁的老人。

当我匆匆赶到医院的时候，舅舅的鼻子上插着呼吸机。他的脸很安详，只是没有了寻常那种羞涩的笑。

灯光下的舅舅看上去像个熟睡的孩子，他的胸部一起一伏的，很有节奏。我听到呼吸机里传出来舅舅呼吸的声音，很迷惑医生说的不行了的话。

医生告诉我们，这是靠着机器在呼吸，一旦摘除了呼吸机，呼吸就没有了。

现实很残酷地让我们选择：是在医院里故世还是回家里？若是回家里，就要趁还有一口气，赶紧把舅舅送回家。但是又怎么能让他在有一口气的时候回家呢？事实上，他离开了呼吸机，就没气了。

医院里的呼吸机是无法动弹的。当然也有一个应急的呼吸机，是要靠人工挤压给呼吸的。医院不外借，原因只有一个：万一急用怎么办？

生平第一次，我为舅舅行使了一次特权，直接向院长请求，借了医院的救护车送舅舅回家。当然还有医生一路跟着照顾。

很难相信我能如此冷静地面对死亡。

我们坐着医院的救护车，一路上，我和表哥、医生轮流着挤压呼吸机，给舅舅呼吸。

到了家,摘了呼吸机,舅舅就没声没息了。

我们都乱成了一团,不知道能做什么,甚至没有人顾上看一眼时间。还是后来根据时间往前推,大致知道舅舅故去的时间应该在晚上七点五十分。

有人说:"赶紧给他擦擦身吧。"

于是我和表姐赶紧去拿了面盆,倒了热水,我想起舅舅是很喜欢热水的,即便大热天,他也喜欢喝热开水,就倒了满满的一瓶热水,希望舅舅暖暖地上路。

我帮着表姐给舅舅擦干净身体,还在边上帮着入殓师给舅舅穿衣服。

第一次这么亲近地去触摸舅舅的肌肤,发现他的身体软软的,皮肤很光滑,甚至是细腻的,和他那双常年操劳的、粗糙的手,简直天壤之别。

此刻,舅舅就躺在一幢漂亮的农舍底层最西北的一间小房间里。他把自己的一切都交给了我们。

我默默地流着泪对舅舅说:"舅舅,你就安心去西方极乐世界吧,那里有真正意义的休息。"

那边,舅妈在高声地号哭,被我劝到另一边去了,我不希望她打扰舅舅此刻的安静。

舅舅属鼠，算起来有八十四岁了。他的一生，是操劳的一生、苦难的一生、老实巴交的一生。

记忆中，我从没有听舅舅讲过一句他人的坏话。他与人相处，从来都是那么和蔼。即便是被别人的汽车撞了，他站起来拍拍屁股："没事，你们走吧。"当别人执意请他去检查一下，并给了他一百块钱，他反而觉得赚了别人钱似的不安。事实上，他被撞得不轻，看病花的钱远远超过了一百块钱，他却没有一句怨言。

大约两年前，舅舅突然生病，饭也吃不下。他以为自己不行了，却有着强烈的求生欲望。我听说后，和几个表妹去看他。在医院工作的表妹还带了氨基酸去给他输液。那次，也不知道他得了什么病，居然就好了。他把这些归功于我，说我救了他一命。

当时，我看他住在房子的西北角，盖着脏兮兮的被褥，心里很不忍。又不是没有钱，怎么还跟生活在旧社会似的？那么大一幢三层楼房，少说也有八九个房间，朝阳的房间就有四间，可是，竟然轮不上舅舅一间。原因是二楼最好的两个房间，一间孙子住了，另一间表哥表嫂住了，而我的舅妈，也只落得个二楼朝北的房间。

这可苦了舅舅，三楼嫌高不上去，图方便，就住在一楼北面的一个小房间里。那个房间还是个仓库，放了很多原先开小店的东西，比如油桶什么的，又黑又暗。他的床，因为疏于整理，也乱乱的，被子很硬很脏。

舅舅和农村里的老人一样，一辈子勤于农活，却不懂得照顾自己的个人生活。而我的舅妈，连照顾自己都不暇。我痛斥表哥，怎么能让老人住在这样一个地方？当时我一定让表哥把舅舅换到空气、阳光好的房间，甚至帮他们挑好了地方，就在楼下大厅的东面，稍稍隔离一下，就是一个很好的房间，还宽敞。我还给舅舅拿去了一套新的被褥，让表嫂给舅舅换上。老实巴交的表哥唯唯诺诺地答应。

后来听说，为了让舅舅住到前面来，表哥还跟表嫂吵架，我不知道最终的结果是怎么样，我让我的俗事忙昏了头。直到我跟着救护车一路回到舅舅家，看到他的床依然在那个西北角。他的褥子摸上去还很粗糙，有很多泥沙，显然是脏的。我毫不客气地把这条脏毯子揭去，让表哥拿出干净的换上。

换上了寿衣的舅舅一下子让我觉得远了。死亡，这个深刻的感觉一下子抓紧了我。

舅舅再也不会骑着车来看他的妹妹、我的妈妈了；他再也不能大老远地给我们送米、送菜或他自己种的土特产了。当然，他也再不用干活了。终于，他可以彻底地歇下来，再也不用为干不完的农活操劳了。

我想起舅舅种在房屋东面山坡上的那些梨树、茄子、青椒、毛豆、土豆、大蒜、韭菜、苋菜和黄瓜，没有了舅舅的照顾，会是怎样的结果？还有他养的猪……不能想了。

当我在电脑上敲下这些文字的时候，千里之外的四川人民正被地震搞得家破人亡，流离失所。成千上万的生命在生死线上挣扎。而前天，舅舅还和表哥一起谈论着这场地震灾难，还在为那些可怜的生命悲伤。而此刻，劳累一生的舅舅，已经什么都听不到也看不到了。现实生活的精彩和无奈都与他无关了。

当然，社会在发展，时代在进步，平民百姓的生命在这个时代终于得到了尊重。天灾非人力所能避免，而人为却是我们能做到的。所以我们的政府提出了"抗震救灾，众志成城"。而我，面对我最亲爱的舅舅，是那么无奈，那么无能为力。在他活着的时候，我没有好好爱他。他去世了，我再后悔也没用了。

舅舅这一生不抽烟、不喝酒，也不打牌，所有能让人开心快乐的游戏他都不会，除了干活，还是干活。他跟我说得最多的话是他的满足："如今的日子多好啊，能吃饱肚子，天天有肉吃，惬意死了。"这是他的原话。

而我在想，舅舅这一生劳累太多，一定是老天怜惜他，所以让他去休息。他也该休息了！

天堂的路很远也很近，毫无牵挂地去，远和近就不是问题。舅舅向来是个勤快的人，他一定会顺利地去到天堂。

我祝愿他一路走好。

## 表 哥

黄昏时见到表哥让我眼睛一亮。

他整齐的衣服和油亮的头发告诉我,今天的打扮是经过刻意修饰的。因为,今天是他大儿子定亲的日子。

在农村,这应该是一件很隆重的事情。定亲以后的两个年轻人,就算一家人了。这样的日子,表哥作为长辈,无疑要展示一下他的新形象了。这让我突然想起,表哥原来是很帅的。

可是,岁月把表哥的这种帅气荡涤得毫无踪影。不知不觉中,表哥已经变成了舅舅的翻版。他们父子两个似乎比赛着邋遢,一样的不修边幅,一样的唯唯诺诺。男人的英雄气概,到了他们面前打个弯就不见踪影了。

可是,如果我们把日历翻到三十多年前,表哥是长得很帅的。他大眼睛、高鼻梁,还有一张性感的嘴。只是常年在外奔波,皮肤稍显黑色。

小时候,我去舅舅家玩,因为和表哥年龄相近,村里的孩子总要把我和他的名字连在一起叫。这让我很恼火,并由此连累到表哥。我不仅很不喜欢他,甚至从心里讨厌他。

长大了,知道那只是孩子间的玩笑,当不得真,才释然。

表哥结婚早。这么一个老实巴交的人，居然是自由恋爱地给自己找了个老婆。

据说是当年表姐结婚时，他在酒席上认识了表姐夫的妹妹，两个年轻人就这样相上了。不知道的人，还以为是姑换嫂呢！

我知道他那是占了长相好的便宜。他当年浓眉大眼的样子，没有哪个女孩子不喜欢的。

说起来，表哥这个人福气很好。结婚以后，幸福得一塌糊涂，是老婆连洗脚水都要端到面前的主。

当然这些我们都是从他嘴里听说的，究竟他的婚姻生活怎么样，还真没见过。但我相信那是真的。以表哥的实心眼，真想跟他过日子的女人，没有不喜欢的。我想，在他的老实木讷面前，任何女人都能找到自信的。

还有一个更大的原因是表哥很会夸人。他最大的长处是懂得欣赏别人，并无师自通地学会了毫无原则地赞赏别人。无论是谁，他都一律给予赞扬。

当今社会，有多少人愿意真心夸别人的，又有几个人经得起夸的？还不都晕乎乎地找不着北了。

我想，那个时候的表嫂，天天面对一个美男子赞赏的目光，应该很幸福的吧。这个表嫂自己找来的老公，虽然老实得话也说不全，但温暖胸膛里燃烧的火是显而易见的。他的善良和木讷为他赢来了信任，并由此得到了表嫂的疼爱，几乎把他个人生活的方方面面都照顾到了。在表嫂的宠爱下，表哥几乎丧失了照顾自己生活的能力。没有表嫂的提醒，他连什么时候该换衣服都不知道，更不知道干净的衣服放在什么地方。

所谓"成也萧何，败也萧何"，表哥的幸福和不幸，都是因为他的木讷。

1988年我还在电大读书。有一天深夜，我熬夜复习，突然听到远处传来一阵恐怖的猫叫声，当时就有一种不祥的预感。

第二天，果然被告知，表嫂故世了。没有任何迹象地死在床上。当时表哥也在。他早上醒来，发现表嫂被子蹬掉了，在为表嫂盖被子的时候，发现情况不对。赶紧找了一台拖拉机，把人送到医院的时候，表嫂已经不行了。

孤身一人的表哥，精神彻底垮了。

他苍老，邋遢，不修边幅，头发整天蓬乱着，裤腿上永远沾着泥巴。可是，那时候的他，并不需要靠种田去讨生活啊。他东一榔头，西一棒子，也不知道做什么生意，钱虽然赚得不多，但维持生活也是绰绰有余。

可是，他的精神面貌，整个的是一个被生活打垮的男人。

我们为他着急。特别是他的姐姐，整天惦记着给他找对象。

我记得有一个离婚的女人是表哥看中的。那是一个文弱的女人，长得秀气，还带了个女儿。当时他来跟我商量，还带了那个女人跟我见了一面。很显然，那个女人是灵秀的，以表哥的木讷，是配不上她的。可我当时不自量力地想促成这件好事，所以还帮表哥写了情书。

我想，那个女人一定是被我的情书迷惑了。她同意跟表哥接触。可是，最终她还是离去。现在想来，也是情理之中。文化背景的差异是一道永远无法逾越的沟壑。

后来，好不容易给表哥找了一个贵州来的姑娘，年纪比他小了十多岁，不仅高中毕业，还是个黄花闺女。当然，什么事情都没有十全十美的，新表嫂唯一的缺点是长相差些。用表姐的话说："人家长得好，还轮得上我们？"

新表嫂在表姐的极力推崇下，做了表哥的第二任老婆。从此，表哥的脸色开始红润起来，他又开始语无伦次地称赞他老婆的好了。

一晃又是十多年了。新表嫂的儿子也已经上高中了。这个小儿子读书特别用功，考上了市里的重点中学。

我知道，这孩子之所以学习好，跟表哥的赞扬是分不开的。每每来我们家，表哥都是以无比崇拜的口吻说儿子怎么怎么聪明，特别是当着儿子的面，他也不吝啬赞扬的话语。而他的脸上，则洋溢着幸福的表情。他歪打正着地迎合了现代教育关于"孩子要在赞扬声中长大"的理念，让这个孩子得以健康成长。

而今天,表哥的大儿子也有了心上人。他笑容满面地看着那么多亲戚朋友为他的儿子祝福,他能做的,就是在边上一遍遍地递香烟,让亲人分享他的快乐。

而他的老婆,我的嫂子,殷勤地跟在他高大的身影背后喋喋不休地说:"这是他唯一一条好裤子,你看,他竟然烧了一个洞。"

我顺着嫂子的手望去,表哥的裤腿上果然有一个指甲大的窟窿。我笑着对表嫂说:"晚上把他裤边上的布取一块下来,把洞补上吧!"

我知道,表哥这样整齐的时候,一年中也难得几次,但他的快乐,却几乎占据了他整个的一生。因为,在他的世界里,有着无限的满足,于是,他便拥有了简单的快乐!

在我写这篇文章的时候,表哥的小儿子考取了公务员。表哥依然喋喋不休,却不知道怎么表达他的快乐。但他确实是快乐着的,这就足够了。

# 行 色

一旦擦肩而过，

也许永不邂逅。

行者有痕，

也许半袜沙子，

也许一鞋海水。

## 行走天路

### 高原母亲

没去西藏之前,朋友就介绍,到了西藏最大的感触,就是那里的百姓所表现出来的温良平和心态。

2005年7月18日下午三点半左右,我们一行十一人经上海、成都,飞抵拉萨贡嘎机场,终于踏上了这块向往已久的神奇的土地。阳光下,感觉眼前一亮,胸膛里一下子住进了"神圣"。

在机场口,导游给我们每人献上了哈达。

走出机场,感觉气候适宜,但头有些许的疼,胸有点闷,知道这是正常的高原反应,希望能够挺过去。

这次伴随我们旅行的是一辆崭新的十七座中巴车,对十一个人的旅行团来说,宽敞舒适,心情便又好了许多。

导游姓郎,我们喊她朗朗。三十多岁的她,大大的眼睛,胖胖的脸蛋上有着藏人常有的高原红,一张可爱的娃娃脸。她告诉我们,西藏面积120万平方公里,平均海拔4500米,氧气的含量为沿海地区的75%,人口250万。因为地处高原,离太阳近,紫外线格外强烈,是我们江浙一带的六倍,她提醒我们注意防晒。

我们此去的第一站是西藏的山南地区泽当县，离贡嘎机场80公里。汽车沿着被称为西藏母亲河的雅鲁藏布江前行，我们不时地被江边的景色打动，不断地要求司机停车，尽情地欣赏美丽的风景。

朗朗是个称职的导游，她告诉我们，此地年降雨量少，一年365天，350天都是大晴天，因此土地沙化严重，但是矿产资源非常丰富。只是交通不够发达，这里的矿产资源无法好好利用。在我看来，这也许就是"塞翁失马，焉知非福"，在某种程度上，也可以认为避免了现代化的污染。

公路旁一排排整齐的红柳，绿得像是画上去似的。据说这种红柳只有在冬天树叶都掉光了的时候，才能显出它的红色，在雪域高原，真难为了它。

大约两小时以后，我们到了泽当镇，入住雪鸽宾馆。

这是一家开业不久的宾馆，什么都是新的，设施一应齐全。只是怕高原反应，我们都遵嘱没敢洗澡。好在出来前已经有所准备，到圣地朝圣，从灵魂到肉体都洁净了一遍。

这是我第一次亲历西藏，高原的宁静让我感觉得到呼呼作响的呼吸声。

此前，曾有朋友说，对藏族人来讲，活着的唯一目的，就是为了求得来世的平安和幸福。这次到了西藏，我们才真正了解到西藏人民对于生死的达观。在西藏人看来，死，是灵魂升天的机会，因此格外看重人死以后能否进入天堂。

在西藏，藏族传统的丧葬主要有五种方式，分别是塔葬、火葬、天葬、水葬和土葬。这其中，塔葬是所有丧葬形式中级别最高的一种，多在活佛中进行。火葬是高尚的丧葬方式。天葬是目前西藏地区最普遍的葬法。水葬流行在水深流急的雅鲁藏布江沿岸和藏南深谷区。土葬是西藏最早盛行的一种丧葬方式。

晚上，听从朋友的建议，无论是否高原反应，都服一粒散利痛，抓紧时间休息。一夜无话。

第二天醒来，不适的感觉没有了，体力和精力都得到了恢复。这是高原母亲的厚待。

## 天堂林芝

7月20日下午一点半，汽车在前往林芝的途中，上到了此行的第一个海拔超过5000米的高度——米拉山口，海拔5013米。我感觉有点头重脚轻，人飘飘忽忽的，同伴告诉我，有些类似醉酒以后的感觉。我酒醉以后，头会爆裂地疼，接着是翻江倒海地吐。心想，要是醉酒真如同伴告诉我的那样长袖舞蹁跹，也许隔三岔五醉酒的就是我了。

到西藏后的某一天，我给友人发信息："你知道天堂吗？想来天堂应该是男欢女爱，丰衣足食的吧？我觉得西藏的林芝，更像是佛祖给人间的一个天堂样板：四周有群山环绕，中间有秀水滋润，青山绿水间的人民，祥和悠然，心满意足。你喜欢这样的天堂吗？你要喜欢，就好好修炼，希望来世能成为这里的一个子民。"

的确，这是我对林芝最大的感受。

晚上六点五十分，我们终于进入林芝县境内。自从汽车离开拉萨，拐入318国道，尼洋河就一直陪伴着我们来到林芝。

尼洋河水流湍急，浩浩荡荡，有时候到了水的拐弯处，肉眼就无法分别顺流还是逆流。导游朗朗说，尼洋河是一条支流，它一路奔腾向前，最终的目标是雅鲁藏布江。而雅鲁藏布江是西藏人民的母亲河，它是要奔向母亲的怀抱啊！

十多个小时的汽车坐下来，我们没有丝毫的疲倦，只觉得两眼不够用，难怪我们中一个刚考上大学的小伙子说，这样的地方，让他一天看到晚都不会厌倦的。

的确，去林芝的沿途，处处都是美景，而这样的美让我觉得任何赞美之词用在它身上都不过分。它就像一道流动的风景，变换着无穷的姿态，向我们展示它的魅力。

在318国道的4383公里处，我们参观了唐蕃古道、太昭古城。细雨中，我们穿过太昭古城的铁索桥，望着这个被群山环绕的小村落，想象着这个古代最大的物流集散地曾经的热闹和辉煌，再看看铁索桥上走来的面带羞涩微笑的藏民，一时恍惚，仿佛时光倒流。

当晚,我们入住林芝县一个面积仅十平方公里,人口三万六的小城——八一镇。林芝地区海拔只有2900米,四季气候温和,冬天最冷也就零下3度,夏天最高气温28度。属于西藏的小气候。小城的周围山山水水,环环相连,植被相当丰富,相信陶渊明的世外桃源也无法与之媲美。

相传这里曾有野人出没,更奇怪的是,这里的野熊也比其他地方的野熊聪明。通常的经验,人一旦碰上了野熊,逃生的办法就是躺在地上装死,这是因为"黑瞎子"不吃死东西。可这里的野熊不吃这一套,你若装死,那是必死无疑,它会用石头砸你。曾经有人看到过一具被野熊袭击过的尸体,那上面就压着一块很大的石头。我知道这不过是传说。但我相信,有灵山养护的地方,必有灵性的生灵。或许是神山的熏陶,这里的野熊更具有灵性。

第二天,我们九点出发,游览了世界柏树园林。那里的巨柏,胸径5.8米,树高50米,需要13个大人才能围抱起来,据说树龄有2600年了,被称为世界柏树之王。

"藏汉溯本同根清风朗月思泉郡,水天因时异色芳岛明湖映雪山。"这是我们进入巴松错景区看到的对联。

巴松错,又名错高湖,在藏语里的意思是绿色的湖。事实也是,那湖看上去就像是镶嵌在高山峡谷中的一块碧玉,绿幽幽地散发着绸缎般的光泽。湖面海拔3464米,呈月牙形,水域面积37.5平方公里,平均水深60米以上,长约15公里,是川藏东部最大的淡水湖之一，同时也是红教的著名神湖。每年两次，老百姓都要来转湖。

巴松错有四大奇观：其一是一株桃抱松的连理树，互相缠绕，像极了一对恋人，难解难分；其二为一个如今已改为放生台的水葬台；其三为一棵青冈树，它的神秘之处就是树叶上有十二生肖图案，谁能拣到与自己生肖相匹配的图案，谁就是有福之人；其四就是湖心扎西岛上的错宗寺，建于唐代末年，是一座红教的寺庙。

我到了西藏才知道，喇嘛教有红教、黄教、白教和花教之分。最主要的教派是红教和黄教。区分它们的办法是看僧人们做佛事时所戴帽子的颜色，红色为红教，黄色为黄教。

我们在桃抱松的树下祈求爱情，在水葬台感觉灵魂的升迁，在青冈树下拣拾福分，在寺庙里顺时针转圈，为家人和朋友祈福。

从巴松错景区出来，汽车在细雨中继续前行，不觉就到了工布江达的"中流砥柱"景区。

尼洋河床中，一块参天巨石令湖水汹涌澎湃，犹如万马奔腾，将势不可当的河水劈为两道。传说"中流砥柱"大石为"贡色德姆"修身养性、坐禅念经时的座椅，因此被老百姓供为守护神。每逢佳节或农闲时节，当地老百姓就要来此朝拜，以求世间万物生灵平安。

在工布江达县的松多新村，我们在尼洋湖餐馆品尝了藏鸡。

长途跋涉后的我们，喝一口鲜美的鸡汤，是一股从上到下的通体舒畅。面条加鸡汤，是当下第一美餐。

又出发了。车过米拉山顶，突然天降大雪，不多时，地上有了一层白色。可是在我们的正前方，却是阳光灿烂的金顶。西藏的"一天三季"之说，就这样和我们不期而遇了。其实，在20日去林芝的路上，我们已经经历过了米拉山口高海拔的考验。返回时，感觉没有去时那般严重，但胸闷心慌、脚底飘飘的感觉依然存在，那可是生命中"不能承受之轻"啊。

## 作客藏家

这次到西藏旅游，除了欣赏西藏天堂般的景色，心中最向往的，是去看看那里的普通百姓，看看充满了浓郁民族特色的藏民，他们的生活是什么样的。我们很想撩开这个民族神秘的面纱。

7月21日，我们从西藏东部被称为"西藏江南"的林芝出发，沿318国道返回西藏首府拉萨。这也是在西藏旅游的特色，边走边玩。经过400多公里的沿途游览，我们到了此次为我们驾车的司机任师傅的老丈人家吃晚饭。

这是此次旅游的一个创意。原本我们有到藏民家参观的要求，导游也同意了，后来在聊天中知道司机的丈人是藏民，一时兴起，觉得与其去寻找，不如就到司机的丈人家。也是藏民好客，我们提出要求，任司机马上答应了。这可能也是他从事这个职业以来第一次把客人带回了家。

一天十多个小时玩下来，大家都有些疲倦。但是想到能够到藏民家里去亲身体验他们的生活，大家的情绪都有些高涨。晚上九点多了，天已经完全黑了下来，眼看还没有到任师傅的老丈人家，大家心里犹豫起来：这么晚了，会不会打扰了老人休息？可任师傅告诉我们没关系的。他还说，都已经跟家里的老人联系好，他们等着呢。这样一直到晚上将近十点钟，我们一行十多人浩浩荡荡地来到了司机丈人的家。

这是一个普通的藏家小院，里面干净整洁。屋子的正中间悬挂着毛主席的画像。这种情况在藏区很普遍。在藏民们看来，是毛主席把他们从农奴制中解救出来，过上了如今幸福的生活。因此，毛主席是他们心目中最高的佛。怕我们冻着，主人还点燃了家中的炉子，空气中不时可以嗅到牛粪燃烧后散发出的那一股淡淡的青草味。

任师傅的丈人看起来有70多岁，后来知道他的实际年龄要小一些。藏民多显得苍老，这和他们生长的环境有关。西藏除了林芝这个藏东的江南，多数地区的气候条件恶劣。任师傅告诉我们，他的丈人叫土旦，是个老党员，原先还是村里的干部。说着这一切时，任师傅脸上洋溢着自豪。

老人不会说汉语,话也不多,但他脸上的笑是真诚的,表情波澜不惊。这种表情我们在西藏几乎天天看到。这是一种抛弃了世俗尘嚣的微笑,一种无欲无求、心如止水的微笑。他们就是这样平静地接受上苍赋予他们的一切,并认为这是天经地义的。在许多藏民的心目中,也许唯一的目标,就是能把自己的孩子送进寺庙,学习佛经,明白做人的道理,让孩子经过刻苦修炼,求得来世的安康。

任师傅的丈母娘瘦小,背也有些驼了。虽然语言不通,但她一个劲让座的姿势还是让我们感受了她的好意。

没等我们坐定,大妈就给我们端上了酥油茶。这是他们自己打的酥油茶,比我们在饭店喝到的酥油茶清淡些,更合我们的口味。喝罢了酥油茶,任师傅又给我们端上了青稞酒。这是我们此次到西藏一直想喝而没有喝到的,味道醇厚清香,不同寻常。在场的人,无论会不会喝酒,都在任师傅的指导下,用右手的无名指蘸酒三敬后一饮而尽,喝了这地地道道的青稞酒,感受了藏民待人的那份真诚和热情。

接着,土旦老人给我们示范了糌粑的制作过程。那是在一只牛皮缝成的皮口袋里,装了一些青稞面和些许酥油,双手使劲不停地捏,五六分钟以后,就可以吃了。

这时老人端上了特意为我们准备的炒菜,其中有非常难得吃到的藏鸡蛋。我们边吃边聊,在任师傅的翻译下,我们了解到两位老人基本靠上山采藏香和种小麦、青稞等农作物生活。当问及二老一年能有多少收入的时候，任师傅告诉我们，基本没什么收入，也就混个温饱。

我们了解到，在当地，两位老人的生活也就属于中下水平。显然，两位老人的生活不容易，但他们很满足，这种满足是从内心洋溢出来的那份对生活的热爱，还有对大自然赋予的一切坦然接受的那份平静。由此，我想到了自己，想到了曾经为了生存的那份执着，真是汗颜。

同伴严跟何受不了诱惑，也亲自动手捣起了酥油茶。

快乐的时光总是过得很快，又到了告别的时候。车灯下老人站在门口那个挥手的姿势，那一声声道别的"卡利秀"，深深地感动着我们车上的每一个人。

这是一个什么样的民族？这是一个什么样的群体？我思考着。他们就像西藏很多沙化比较严重的地方生长着的红柳和白杨，尽管生长的环境恶劣，植根于这表面上几乎看不出有什么水分的戈壁荒漠，却有着超强的生命力，长得那么郁郁葱葱。尤其是白杨树，它的那种绿，在黄色沙砾的衬托下，恍若爱丽丝的神秘花园，令人难以置信。

眼前的两位老人，就是这个民族、这个群体的代表。仅仅因为我们一个好奇的念头，就用家里最好的青稞酒、酥油茶、糌粑和藏鸡蛋，热情地招待了我们这群不速之客。

我真愿意自己也能像他们那样，成为西藏高原上的一棵树，只要有阳光和水，就能坦然地活着，纯粹地生长。

我们这些被都市污染的所谓新新人类，我们的灵魂是不是需要拯救呢？或许，高原的阳光能洗净我们身上的浮尘？或许，藏民族的胸怀能清洁我们的灵魂？我不知道，因为我只是个偶然的路人。

### 羊卓雍措

22日早上，我们已经行驶在翻越海拔5030米的冈巴拉山口的路上，去游览西藏四大圣湖之一的羊卓雍措湖。

羊卓雍措，"羊卓"在藏语里，意为牧区上方，"雍"指碧玉，"措"意为湖，合起来为"上面牧区的碧玉湖"，翻译成汉语就是很美的"天鹅之湖"。它海拔4446米，面积将近700平方公里。水深30～40米。从资料看到，这个湖有个奇妙之处，它的水源来自四周的雪山，可它却没有出水口。雪水的融化和蒸发竟能达到均衡，就像一个有自我调节系统的大型水库。据说，这里的许多老百姓每年都要来这里转湖。转一圈，有时候需要一年的时间，这主要是指那些"五体投地"的转湖百姓。现在，虽然这样转湖人的不多，但我们还是偶尔能见到。也许是因为这个原因，冈巴山也被称为"用胸膛行走的山冈"。我们虽然做不到用胸膛走路，但也入乡随俗地向藏民买了"龙达"，在山顶向圣湖方向抛去，嘴里不停地喊着："却西……"据说这样既可以保家人平安，又可以超度亲人的亡灵。

因为避车流的高峰，我们早上五点就出发了，因此，到山顶的时候，天还没有完全亮。周围的雾气很重，云雾缭绕，能见度有限，圣湖羊卓雍措就像蒙着面纱的少女，时隐时现，神秘又迷人。看着老天这架势，我们都在叹息无法俯视羊湖的倩影。可是，没过多久，天突然高了，云慢慢地散开。羊卓雍措轻轻地、一丝一缕地揭开了纱幔，露出了她美丽的脸庞，最终一览无余地展现在我们眼前。

这是一种什么样的色彩啊！她似乎是蓝色的，又似乎是绿色的，造物主又一次展示了它高超的调色技巧。湖水镜面般的平静，在群山环抱中显得那样高贵娴静。而此刻的冈巴拉山冈，则像一个伟岸的青年，紧紧地拥着心爱的姑娘。难怪当地藏族有羊卓雍措是一位美丽的仙女，来到凡间与冈巴拉山结成夫妻的传说。

那一刻，大家都忍不住欢呼起来。只听得"咔嚓咔嚓"的声音响起。我们又一次次欢呼："却西……"直到声嘶力竭。

据说，冈巴拉山和羊卓雍措湖一直被藏族姑娘和小伙视为爱情的象征。每年都会有成群的姑娘小伙来这里定情，海誓山盟，永志不变。当然也有到这里来殉情的，他们生不能相聚，死却一定要一起。我在西藏不止一次地感受到藏民这种不为生忧、不为死苦的人生哲学。每每想之，无不动容。

**温泉诱惑**

在去西藏以前我们就计划了，一定要到羊八井亲身体验世界闻名的温泉。

22日下午，经过91公里的跋涉，我们终于到了魂牵梦萦的羊八井。

羊八井位于拉萨西北约87公里处，地热资源极为丰富，温泉数量、种类具全国之冠。除了普通的温泉，还有热泉、沸泉、热水湖和全国罕见的爆炸温泉、间隙温泉，总面积超过了7000平方米。温泉旁边，还有一个全国最大的地热发电站。远远望去，热电站上面腾起了一些淡淡的雾气，在蓝天下白得耀眼。

羊八井地热发电站建于1977年，是中国和联合国合作研究、兴建的发电站。热水井的热气，经管道输送，为拉萨地区提供既便宜又环保的热电。羊八井地热田一年释放的热量，相当于300万吨标准煤燃烧产生的热量。而目前开发的地热资源，仅是羊八井地热资源的一小部分。

羊八井地热田一带，地热产生的巨大蒸汽团从湖面升起，如人间仙境。导游还诱惑我们说，如果运气好，碰上热水井喷发，便可一睹沸腾的温泉由泉眼直冲云霄的壮观场面。我们无不神往。

羊八井的温泉池分室内和室外，价钱稍有不同，室内的贵一些，每人六十元。室内外温泉有通道相连，可以来往。但只允许室内的人去室外。我怕紫外线，选择了室内温泉。兴冲冲地换了泳衣，我和同伴严一起下到了温泉池内。

慢慢浸到水里，40摄氏度以上的水温让我全身的毛孔都张开了，像无数个呼吸机，贪婪地吸食着水中的养分。水温又像一只温柔的小手，抚摩着我全身的肌肤，那可是极致的享受啊。我知道，羊八井的温泉里含有大量的硫化氢，可以治疗多种慢性疾病。而泉水里的硫黄成分，还可以洗去侵入皮肤的细菌。那就让它尽情地呼吸吧。此时不吸，更待何时？

室内温泉池不大，人也不多。那些真正会享受的，都在室外的温泉池。在那里可以头顶蓝天白云，远眺念青唐古拉雪山。听导游说，如果冬天泡温泉，还可以体验到在温泉里看漫天飞雪的滋味。那一定别有一番滋味。而我，却被高于我们江浙一带六倍的紫外线吓坏了。

总算我是泡了温泉，还在那个小小的室内温泉池中来回游了两趟。要不是怕体力不支引起高原反应，我还想再好好游几个来回呢。

在羊八井泡温泉，我的体会只有一个字：爽！

**西藏之魂**

西藏是一个全民信教的社会。藏传佛教一度是这个地域的主流教派。这一方面跟西藏近邻尼泊尔、印度文化交流便利有密切的关系，另一方面和西藏的自然生存条件恶劣，人民生命经受的苦难深重，寻求解脱的强烈愿望分不开。

在西藏，我们见到最多的，是众多的寺院、精美的佛像、虔诚转经的人们，而对西藏这块土地上的人民，他们的生活方式、思维方式知之甚少。我们不明白渗透到西藏人民生活当中的佛教思想和宗教崇拜怎么会这么自然地代代相传。换句话说，西藏所能够展示给我们的精粹是什么？我希望通过自己哪怕是短暂的亲历，找寻我心目中的西藏之魂。

雍布拉康——西藏的第一座宫殿，位于西藏的山南泽当。建于公元2世纪，距今已有2100多年的历史，是为第一位藏王聂赤赞普修建的。此后，这里就被作为历代赞普的王宫，直到第三十二代赞普松赞干布时，才迁都拉萨。当年文成公主嫁到吐蕃的第一个夏天就是在这里度过的。

这是一个对西藏人民来说有特别意义的地方。在西藏的史籍中，有这样的记载："村庄莫早于雅砻索卡，国王莫早于聂赤赞普，宫殿莫早于雍布拉康，经书莫早于邦公恰加。"

关于这个藏王聂赤赞普的来历，在西藏的文史中有这样的记载：

雅砻部落的先民当时不但进行狩猎、牧业生产，他们从事农业生产也有相当一段时间了。他们还学会了制造弓箭、刀斧和一些简单的生产工具。农业的发展给河谷雅砻的人民带来了繁荣，但是分散的六个部落还没有找到一个大家满意的领袖。

一天，部落的人们正在泽当附近的哈日江多山上放牧。突然，从山上走来一位身材魁梧、气宇轩昂的年轻人。部落的人民问他从哪里来，他指指身后。他的身后是山顶上湛蓝的天空，部落的人民不明白他从哪里来，是山上，还是天上？于是，他们从部落请来十二位善于卜算预测的贤者来盘问、看观，最后终于搞清楚了：他是从天上来，是天神的儿子。于是，人们把他抬回部落，让他做了吐蕃王朝的第一位赞普，也就是藏王。因为他是人们用肩膀为座抬到部落里的，所以大家就叫他聂赤赞普，意为以脖颈为宝座的英杰。

我们不讨论这个被扛来的国王曾经有过怎样的功绩，但是他让西藏人民从此有了归属，让一张白纸有了开始的一笔，这样的国王，就注定了不能被历史遗忘。

远眺这座建立在雅砻沟腹地山顶上的宫殿，它的形状就像它的藏文名字雍布拉康。翻译成汉文，就是母鹿腿似的宫殿。可以想象，当年它高高在上的姿态，是何等的威严。如今，随着它的中心转移到拉萨，这种威严已经被布达拉宫的金碧辉煌所代替。

当我想着自己是骑着马到达山顶的，不禁对自己肃然起敬起来。遥想当年，如我这等贫民，即便是跪着爬着，也未必有进到宫殿的可能。沧海横流，岁月沧桑，我能感受到的，是寂静中历史的沉淀。如今这里再怎么热闹，也仅仅是一段历史而已。

昌珠寺——西藏的第一座寺庙。是西藏的三座天成不变寺庙之一，它位于雅鲁藏布江南岸的泽当镇。是吐蕃第三十二代赞普松赞干布创建的十二镇肢寺的首座。据说，藏王松赞干布修建完了拉萨的大昭寺、小昭寺后，就开始修建十二镇肢寺，而第一座镇肢寺就是昌珠寺。至今已经有1300多年的历史。寺里供奉着许多珍贵的文物，其中最著名的，是帕竹王朝时期的乃东王妃为忏悔罪过，用自己的首饰珍珠串编的、被誉为昌珠寺镇寺之宝的、名为"观音憩息图"的"珍珠唐卡"，长2米，宽1.2米，共使用了29026颗珍珠宝石。"珍珠唐卡"中观音坐像造型生动，制作精美，堪称一绝。"珍珠唐卡"旁边还悬挂着两幅珍贵的唐卡，其中一幅据说是文成公主亲手绣制的。相传当年公主因思乡心切，心猿意马，错把唐卡中太阳里的一只神鸟绣成了三只脚；另一幅是其他侍女用了100位女活佛的头发绣成的释迦牟尼唐卡、观世音菩萨安息图，以及刺绣唐卡。

这里，虽然多经修缮，岁月已然让它垂垂老去，风烛残年。但它的威严依然在，从踏进寺院的那一刻起，我就有了这种感觉。我想，它存在的意义，不仅在于它浓缩了的曾经的一切。还在于它是统治者与被统治者之间的媒介，不仅和王公贵族，也和这块土地上的人民密切相关！

由此，我再次想到了西藏几乎全民信教的问题。有朋友告诉我，在现代技术还不能普及的西藏，人民面对艰苦的生存环境和恶劣的气候条件，生命经受的苦难太过深重，因此，寻求解脱的愿望也非常强烈。在这种情况下，人们化解环境困难和生命病苦的时候，常常会借助一些神奇的力量。他们在众多有奇特能力的法师与僧众的帮助下，不可思议地一次次顺利渡过灾难和痛苦。他们会把这样的奇遇和经历一代代地传播下去。翻阅西藏的史籍，我们可以看到许多这样的记载。

还有什么比这样的传播更能让人心悦诚服地接受引导和信奉呢？这才有了一些藏民家的孩子，因为身体不好，就被认为是天生的罪孽深重，只有佛的力量才能够挽救。于是，小小年纪就被送进寺庙，在寺庙里学习经文，修身养性，他们在寺庙里奇迹般地健康成长，成为在佛教上很有建树的人才。也有一些孩子被家人送进寺庙，他们被认为是家族的希望，家人希望为佛祖贡献一个孩子，从此使家人和所有生命平安。

桑耶寺——西藏第一座集佛、法、僧于一体的寺院，位于扎囊江北农业开发区境内。那天下午，我们驱车四五个小时，在傍晚时分到达了桑耶寺。首先进入我们视线的是高耸入云的经幡和寺院门口的辩经台。而在辩经台的对面，是一座楼房，我开始以为那是僧人住的地方，后来才知道，那是客房和食堂。

桑耶寺是采用藏、汉、印合璧的建筑风格。中央主殿为三层三样式。底层采用藏族形式，中层采用汉族形式，上层采用印度建筑形式。寺院的四周建有白塔、红塔、黄塔、黑塔。寺院还建有修禅习定的不动寂定州殿，可供25位老僧人和5名护关侍者在里面专心致志地闭关修行。

据说桑耶寺建于1200多年前的吐蕃王朝赤松德赞时期，历时12年建成。它是印度高僧寂护大师按佛教中的"坛城"形式设计，造型奇特，规模宏大。建成后，赤松德赞为弘扬佛法，邀各地高僧入住讲经并派七名贵族子弟剃度为僧，史称"桑耶七觉士"，从此，西藏的历史上便有了第一批真正住寺的僧人。

也许旅游旺季还未到来，寺院里的客人不多，里面的僧人倒是不少，而且以年轻的居多。我在底层大殿里见到许多僧人在忙碌，一问，才知道他们是在为庆祝西藏和平解放40周年的庆典做准备工作。我和他们聊了起来。僧人达瓦次仁看上去还是个孩子，一脸的稚气，汉语不是很熟练，但他对外界的好奇使我们的聊天充满了情趣。他告诉我，寺院里有两百多名僧人，年纪最大的八十多岁，最小的十二岁。他来寺院已经两年了，家里有父母兄弟，偶尔也来看他。我问他有没有去过浙江，旁边就有人回答，去过绍兴。而达瓦次仁也笑着说："去过啊，在梦里。"我告诉他，我的家乡就在绍兴的边上，和他们看到绍兴几乎一样。"哇！"那些围观的僧人异口同声地说。我接着又问:"想不想家?"达瓦次仁有点害羞地说:"想啊!"显然,他的同伴次仁罗布比他灵活些,普通话也说得流利。次仁罗布说,他们每天做一次早课,从上午八点到十一点。余下的时间自己学习经书,一个月参加一次辩经,傍晚五点半开始,历时两个小时。

说到辩经,几个孩子还忍不住比画起来。

我知道,读诵经文,是僧众的必修课程。对经文内容的理解和认识反映了修行和学习的成果。辩经被认为是相互交流学习心得,激励初学者发奋修学的有效方式;辩经也可以在上师的监督和指导下及时纠正修学过程中出现的偏差和误解,是保障修学者始终都能沿着正信的教育获得正见和正行的必要措施;辩经还可以展现僧众通过一个阶段的修学所能达到的理论、实践的程度和境界。在密宗修学领域,利用辩经活动还可以选拔和确定修行优秀称职的法师以及修行成功的喇嘛。

接下来的问题有些艰难,我一直在犹豫要不要问,结果我还是问了:"为什么要出家?"

"为什么要吃饭?"他们奇怪地反问我。我从他们眼睛里读到的是一丝善意的嘲讽。我仔细想想,在一个全民信教的地方,去问他们为什么要出家,不说可笑,至少也是多余的吧。后来,还是次仁罗布告诉我:"到寺院来学习大乘佛教,对于他们来说,是件一生一世都快乐的事情。"

"一生一世快乐的事情"，这是一种怎样的快乐呢？

在拉萨大昭寺的门口，几乎排满了磕长头的人们，他们中有大人和孩子，有老人和青年，有男有女。磕长头的时候，无一例外地都带着非常庄重的神色，"唰、唰……"的磕头声，整齐而划一，不断萦绕在我们耳边。他们在祈求什么呢？

在行走西藏的路上，我们也曾经看到过磕长头的人，他们不断重复着一个动作，那种专注，和一个坐在灯下绣花的姑娘有何区别？我了解到，像这样在路上磕长头的人，他这一路上，几乎靠着沿途群众的接济才能前行。在我们看来，那简直和乞讨没有什么区别。即便这样，他的身后通常还有一支家人组成的队伍支持。他们会带上干粮和御寒的物品，跟在朝圣者的身后，以备在他得不到旁人接济的时候给他补充给养，帮助他完成朝圣的任务。无论多么恶劣的气候和环境，他们都会奋勇前行。也许他们会一直这样磕上两三年，有的甚至就永远地倒在了朝圣的路上。可是他们依然义无反顾地磕着、前进着。

我曾经看过一部电视片《可可西里》，印象最深的是片中主人公日泰的一句话："见过磕长头的人吗？他们的脸和手特别脏，可他们的心特别干净。"我想，这种干净是不是也包含了一生一世的快乐！如果我再告诉你，他们这样矢志不渝地磕长头，就是献出生命也在所不惜，仅仅是为了求得来世的平安和幸福，而非升官发财，你会信吗？其实，只要我们看到西藏的僧、俗人民，就能感受到他们的虔诚信念和坚强决心,就能体会到被宏伟远大理想驱使的生命是那样的纯洁和坚强。

在西藏,无论走到哪里,我们见到最多的是寺院,最漂亮的建筑是寺庙,最富有的地方也是寺庙。特别是在参观了扎什伦布寺、大昭寺和布达拉宫以后,这样的感觉更甚。有着虔诚宗教信仰的西藏,寺庙至高无上的权势和威严,简直到了无与伦比的程度。我们一边感受着佛教在民众心中的崇高地位,一边感受着民众对佛教的至诚至信。我们一边感叹着寺庙殿堂里的金碧辉煌和富有,一边叹息着贫民中的贫困,心中的落差实在无法用语言表达。这种宗教的富有和贫困,这种肉体的苦难和精神的快乐,是靠什么去平衡的呢?

2005年7月的一天,我爬上那木错湖边的山上,看到无数飘扬着的经幡在随风吟唱,甚是壮观。而那木错的湖边,堆着一座座玛尼堆。我知道,经幡和玛尼堆,是人们诵经留下的纪念,传达着对佛的虔诚。我寻访那木错湖边的山洞里闭关修行的出家人,看他们脸上宁静,似乎读到了那隐藏在宁静背后的波澜壮阔。

这时候我的耳边回响起了在西藏无时无刻都听到的六字真言——"唵嘛呢叭咪吽"。这简化了生死轮回、因果报应的六个音节,把对今生与来世的期望都浓缩在里面了。也许很多人至死都没有弄明白它的真实含义,那又怎么样呢?年复一年的吟诵就像连着过去和未来的声声叹息,传达着一个永久的秘密,那就是,所有今世的苦，都是为了来世的甜。

那一刻，我突然明白，正是对美好未来的憧憬和向往，才使藏民族人民在如此艰难的生活环境中，还能保持着一种善良仁慈的心态，坦然面对生活中的一切磨难。是啊，他们一边承受着肉体的苦，一边享受着灵魂的乐。这种肉体和灵魂的矛盾与统一、和谐与平衡，算不算我在苦苦寻觅的西藏魂呢？

## 纸上朋友

我用一只眼睛看镜头里的世界，用另一只眼睛看大千世界，我知道，镜头里的世界，其实就是我们心里的那个关于爱的世界。

他们如是说。

这次去西藏，是几个朋友相约联合组团，所以，团队人员虽然同在一个城市，有些先前并不认识。你认识我，我认识他，就成了我们这个团队。有些人，直到出发，才第一次见到。

到达山南的第一个晚上，大家经过互相自我介绍，算是认识了。他们是一群电力系统的摄影发烧友，一行六人。所携带的装备，肩扛手提，外加背包和行李箱，在我这个外行看来，林林总总，无一不全。虽然出发以前已经做好了自力更生的打算，实际一看，心里还是凉了半截。实指望和男同胞一起出门会得到一些照顾，现在看来，他们是自顾不暇。

当日下午，两趟飞机两趟汽车，十多个小时的风尘仆仆，当我们赶到入住的山南区泽当镇的雪鸽宾馆时，已经非常疲惫了。大家拿到房间钥匙后提行李，却怎么也找不到其中一位同伴的行李箱。大家心里既焦急又纳闷：出机场可是认真检查过的，一件不少啊，怎么一眨眼就不见了？莫非行李也长翅膀了？赶紧给机场打电话，让查一查。可后来机场答复，查过了，什么也没有。我们仔细回忆出机场后的每一个细节，似乎无懈可击。导游见面的第一件事，就是给我们每人献上一条哈达，然后是大家跟着导游去停车场，在上车的时候，有两三个青年主动帮我们往汽车上搬行李，我们还以为是导游安排的，顿时一股暖流涌上心头。直到后来有一个年轻人上车跟我们要钱，我们才知道，这几个年轻人是在机场揽活的，于是按要求付了钱。然后就是到山南的一路过来，沿途经过美丽的雅鲁藏布江，几位同伴受不了美景的诱惑，不时让司机停车，搭起架势拍照。车上的人是不时地上上下下，可行李没有动过啊。谁知到了宾馆，就没了行李了呢。莫非，是那几个搬行李的人把行李提走了？他们派人上车要钱，意在转移我们的注意力，醉翁之意不在酒啊！这些都是后来回忆时恍然醒悟的。

丢失行李的同伴是电力摄影协会的会长，狂热的摄影发烧友。来西藏的第一天，就遭受如此不堪的打击，他怎么在以后的日子里拍摄好梦中的西藏呢？我们都替他惋惜。据说那箱子里的东西，都是家里的太太为他新添置的户外运动装备，价格不菲。姑且不去论他此行的不方便，还有个向太太交代的问题。这边大家为他着急，他却反过来安慰我们，一个劲地让我们先回房间休息。这时候我想起了曾经有人说过，看一个人能不能成为朋友，只要看这个人怎样面对挫折？一个正在经受挫折的人，还能想到别人，应该是一个可以结交的人吧！后来，我们同行中有一件行李在回程的机场让别人错提走了。大家急得火冒三丈，只有他最为冷静。他力劝我们不必这么激动。为人处世，他处处替别人着想，分析问题头头是道。在这些发烧友中，他是最善解人意的一个，也是心态最好的人之一。真有些藏而不露的感觉。看他拍摄，慢条斯理却有条不紊。我看到他，我就会想到"骤然临之而不惊，无故加之而不怒"这句话。

朋友中有一个小个子，皮肤白白的，长得斯斯文文。来西藏以前有过接触，主要是为商量行程。他姓乌，有朋友怕记不住他的名字，便叫他"乌鸦"。在江南，乌鸦被誉为不祥之鸟，所以他马上反对，说，为什么就不能叫"乌云"？于是，大家就戏称他为"乌云"。

乌云做事非常认真，来西藏前就做了充分的准备。除了通常的户外运动装备，他连求生的哨子都准备了，时刻挂在胸前。大家笑他，这种哨子频率高，对人耳起不了什么作用，对狗却很有效，不知他要向谁求救。更为难得的是，他甚至打印了藏汉两种文字的翻译材料，为的是能学着跟藏民进行语言交流。

7月的西藏，正逢雨季。说起来，西藏虽然是个少雨的地方，但雨季下雨毕竟在情理之中。所以，我们一下飞机，就有零星的小雨伺候。也怪，等我们行走一段路程以后，天就放晴了，雅鲁藏布江又展示出了它美丽的景色，正所谓"拨开乌云见太阳"。如果仅仅是这样，也谈不上什么奇怪。可我们在西藏的日子，几乎天天出发时阴雨绵绵，但到了目的地，就云开雾散了。于是，就有朋友说，这次我们出门，就是因为有个"乌云"，所以，天天阴雨绵绵。还说，下次不准他叫"乌云"，只能叫"乌鸦"。

乌云拍摄很认真。他拍摄的照片，在我看来，图像清晰，画面干净，特别有镜头感。有一次他抓拍两个国外游客。那是两个女孩子，玩得很忘情，他把镜头对准了小女孩。可人家女孩子害羞，避开了镜头，他急中生智，马上把镜头对着别处使劲"咔嚓"，等小女孩放松了警惕，他再继续完成他的拍摄内容。那张照片果然传神，效果不同凡响。

更有意思的是，乌云跟一个小藏民聊天。他拿了那张藏汉两种文字翻译的纸在那拼命地说，那个藏民孩子认真地看着他，却什么也听不懂，一副莫名其妙的样子，惹得旁观的同伴哈哈大笑。笑归笑，后来我们在一个藏民家聊天，还多亏了他半生不熟的藏语，了解了一些基本情况。在他的教导下，那一句道别的藏语"卡利秀"我们也学会了。

朋友中有个叫张建军的，相比之下，摄影入门晚些，可是他有一股牛劲，非要学好的样子。怎么办？用他的话说是笨鸟先飞。的确，每次拍摄，他总是最后一个完成。有时候为了一个镜头，他可以在一个地方站半个多小时，弄得同伴中的女同胞意见纷纷，嫌他耽误时间。可他态度好，姐姐、姐姐地叫个不停，每逢拍摄时，依旧故我。有一次，一汽车的人都在等他，可他就是不来，仿佛在锻炼我们的耐心，硬是让大家足足等了半个多小时。连轻易不发表意见的孙艺也忍不住批判他："你迟到了，刚才我们已经对你进行了缺席审判。"话虽这么说，大家的心里还是为他的敬业精神所感动。毕竟这是在高原，任何体力消耗，对人都是一种考验。

张建军机灵，嘴巴甜，懂得拉拢民心，晚上还特意上街买了水果贿赂女同胞，堵大家的嘴。其实，大家心里明白，他的精神是应该得到表扬的。

张建军是幸运的，他的苦心没有白费。那天晚饭后大家都休息了，他和乌云又去了扎什伦布寺。也是该着他们的运气到了。那天晚上扎什伦布寺里里外外灯火通明，金碧辉煌。扎什伦布寺就像沉睡了千年以后醒来，焕发了勃勃生机。那可是非常难得的机会啊。他和乌云两个人的兴奋啊，从后来他们拍摄的照片就可以看出来。

张建军的这种认真劲还歪打正着地让我们看到了他的另一面。

有一天，我们在路边的草地上休息，远远的有一个帐篷，大约两百米的样子。因为离得远，大家也只是远远地望了一眼。就是他，不辞辛苦地赶了过去。

原来那个破旧的帐篷里，有一个老人和两个孩子，其中一个孩子还是个婴儿。那个家太穷了，几乎一无所有。他看了很有感触，把我们叫了过去。

帐篷小到比一个圆桌面大不了多少，中间有牛粪在燃烧，帐篷四周用口袋压着，也不知道口袋里面装了什么东西？我们猜测那口袋里装的是青稞面。还有几条被子胡乱地堆在帐篷边上。看我们进来，里面的小姑娘赶紧把被子往外挪了挪，让我们坐。那是帐篷里唯一一小块干净的地方。我们被深深地感动了，报答的办法就是把自己车上能拿到的东西全都往帐篷里送。结果，把其他几个同伴的午餐都拿去送人了，弄得大家后来只能拿"秀色"当午餐。

张建军让我们真正看到了普通藏民生活的一角，也因为这次的经历，我们看到了张建军个性中不肯妥协的一面。在一些景区，他痛心地看到有些恶意乞讨行为，讨厌这些旅游发展中的不和谐，对付的办法，就是一分钱都不给。而看到上面这样贫穷的牧民人家，他一掏就是一百块钱。他说："这不是钱的问题，而是我们做什么选择的问题。"

韦柳培，大家习惯叫他微雕。说起这个名字，还有一段来历呢。据说，韦在做学生的时候，胆大包天，考试时作弊，把答案事先刻在钢笔的笔套上，还很仗义地把笔套借给同学看。结果被老师发现了。老师看到那笔套上密密麻麻的答案，被他的小字所折服，非但没有批评，还戏称他应该去搞微雕。打这之后，"微雕"这个雅号就叫开了。结果还真的歪打正着，长大后他特别喜欢雕刻，无师自通地学会了微雕，手艺也越来越精。

微雕话不多，拍摄时喜欢独自一人静静地找角度。看得出他的心非常细。在这一群发烧友里数他最安静。到西藏以后，我们第一次聚餐，有朋友敬酒时随口对我说："开心点！"他马上问："怎么不开心？来，我敬你，开心点。"简短的话语，差点让我热泪盈眶。这样的体贴，我后来在他的作品中也见到了。那是一幅藏民磕长头的照片。照片正面是一个磕头的妇女，在她的旁边，放着帽子和眼镜，动态的人和静态的物在照片里是那么和谐和统一，让人误以为是拍摄者精心设计的。这种无时无刻的体贴，在他的照片中随处可见。他有爱心，知道藏民家的孩子缺学习用品，他的口袋里总是装着满满的笔，看到藏民的孩子就随时掏口袋。

于辉是同伴里最坦然的一个。他头戴牛仔帽，身穿休闲服，一副酷酷的样子。我在心里早就给了他一个称呼：美国西部牛仔。他拍摄比较随意，却喜欢运动，在羊卓雍措湖时还跟驾驶员比赛打水漂，并常常能略胜一筹。就连赛马，他都敢与土生土长的藏民司机一比高低，水平也毫不逊色。后来才知道他是学校里的体育老师，不仅是运动健将，还能烧得一手好菜。但作为摄影发烧友，他的积极性似乎差些，后来才知道事出有因。返城的最后一天，我们都在景点参观和逛街，可他却独自去了烈士陵园，我们这才知道，他这次来西藏背负着一个重要的使命，要替一个八十岁老人了却一桩心愿。

当我们在布达拉宫和大昭寺流连忘返的时候，他一个人在拉萨的烈士陵园里一个墓碑一个墓碑地寻找。他寻遍了整个烈士陵园，就是没有找到他想要找的墓碑。

也不奇怪，20世纪60年代的那场中印边境自卫反击战，究竟有多少无名英雄，已经找不到确切的记载了，在这个烈士陵园里，也有300多名烈士因为对不上名字而成为无名碑。于辉回来的时候很沮丧，他郁闷于无法面对一个八十多岁老人和他心心念念的期盼。那个老人在四十多年前把儿子送给了国家，这之后就再也没有儿子的消息——也许，曾经有过一张阵亡通知书。

老人时日不多，他要到那个世界跟儿子相会，可是老人家找不到方向。负有使命的于辉怎能不失落呢？有朋友给他出主意，把无名碑的照片制作一下，换上老人儿子的名字，以宽慰老人。

我不知道于辉会怎么做，无论是善意的欺骗还是据实相告，对他来讲都是沉重的。中国是个以孝为先的国家，他也是个儿子，他的内心无法面对那个老人、那位父亲的眼睛。

我最后要说到的这个同伴，是一个单位的书记，大家都叫他孙书记。到底是当领导的，举手投足间颇有些领导风范。说起话来也基本是总结性发言。说真的，刚开始面对他，我的内心有些发怵。听说在进单位以前，他是部队的团政委。羡慕军旅生涯的我，对军人有着与生俱来的崇拜。想到他曾经的威严，心里更是怕了三分。

事实上，孙书记是个很随和的人，说话做事非常周到。他是我们中高原反应最厉害的人之一，但在我们担心他能否坚持的时候，他却已经生龙活虎地开始工作了。其他同伴都争相抢镜头,他却总是抽出时间给我们照相,而且态度一丝不苟。只有一次,大家一个个都在他的镜头里曝光,就是没有人想到为他也留个影。他不干了,愤愤地说:"你们这些臭小子,光知道让我给你们照相,也不给我照一张!"这个时候我突然发现,作为领导的孙书记,原来也是那么可爱。旅游的最后一天,他和其他同伴趁清洁工开门打扫卫生的机会,爬到了药王山上,终于拍到了满意的布达拉宫全景。他的那个兴奋劲,比孩子还孩子。

孙书记擅长拍摄各种各样的人物,但有些人并不喜欢他去拍,比如在大昭寺门口磕长头的藏民。当孙书记将镜头对准他们时,就遭到了他们的反对。孙书记有办法,他先拍一些旁边的人物,然后把照片给先前反对拍摄的藏民看。在藏民露出羡慕的表情时,他就表示也可以给他们拍,并留下藏民的地址,说翻印出来以后,可以给他们寄去。就这样,他以人格魅力,征服着他镜头里的一个个人物。我还没有看过孙书记拍摄的照片,但我相信那一定很精彩。

后来熟悉了,才知道孙书记原来出生于干部家庭,父亲是老一代新闻工作者,真实的职业是共产党的地下工作者。在这种背景下长大的孩子,从小接受的教育,用那个时代的话说就是,根子正,苗子红。的确,他一身正气,随时为我们做榜样。

孙书记似乎什么都为我们考虑了。碰到好吃的,他总是谦让地退在后面,并说,这样的美味他以前已经尝过了。自从发生了丢行李事件，每次出行，他总是断后。孙书记最精彩的一幕，发生在我们从那木错回来的路上。

那天，我们的车从那木错回拉萨。在盘山公路上被堵住了。导游无奈地说："我们碰上堵车了。"开始大家还以为前方出了事故，后来才知道是筑路的施工队为了赶进度，把路堵了不让走。也难怪，施工队是订了合约的，必须在规定的时间里完工，其条件是可以封闭式施工。人家那是照章行事。可旅游部门不管这一套，团队旅游线路照样安排。难怪导游一再让我们清晨五点就起床出发，原来等筑路队一上班，路就会被堵住了。

书记到前面一看，那些车都堵在那，司机们一个个都一筹莫展。群龙无首，这样耽误下去，什么时候是个头啊？于是，孙书记自觉担当起了领导职责，指挥大家在旁边开出一条路来。

这时候我们团队里的男同胞又成了筑路工，大家拿铲子的拿铲子，搬石头的搬石头，哪管什么高原缺氧，气喘不均。等那条小路基本有些眉目了，孙书记又指挥司机上路。那场景很壮观。一辆北京吉普加大了油门很牛气地想冲上去，到底是英雄气短，在斜坡上冲劲不够被迫退了回来。大家哈哈大笑，又开始给路填上泥土和石头。接下来，又让一辆大而重的面包车先开上去，希望以车的重量把路压得结实些。那辆汽车像一头猛牛，轰然冲了上去，却终因马力不够卡在那。于是，大家赶紧冲上去猛推，助汽车一臂之力。后来的汽车，一辆一辆地往上冲，又在关键时刻，因冲力不够差点退了下来,都是边上旁观的人冲上去,在汽车后面助一臂之力。在大家的合力推动下,前面堵住的车一辆一辆地冲了出去。

回到自己的车上,大家非常感慨,要不是孙书记及时出来指挥,这个路不知道要堵到什么时候。事后回忆起来,都有些害怕,在高海拔地区,随时有可能因为使劲而血管爆破。后来听说,第二天去那木错的人,汽车一直堵到了晚上。我们暗暗庆幸:幸亏我们有个孙书记。

结束旅程了,我才发现,原来孙书记是个很有个性的人。在机场,他的行李让别人给错提了。这是一件很让人恼火的事,最终的责任应该在机场的管理人员,他们没有按规定对出关的行李进行例行检查。可是,机场工作人员故意混淆视听,把责任推向第三方。使原本可以和平解决的事情变得复杂起来。孙书记据理力争,终于使机场工作人员认识到错误,赔礼道歉。孙书记说,我们的目的不在于赔偿,主要是让机场工作人员认识到错误,在将来的工作中,杜绝此类事件的再度发生。

相聚的时间很短,我对于新朋友的认识是那么肤浅。我笨拙的笔无法刻画出我心中的他们。这就像我老在纳闷,同样是面对美景,为什么有时候我就会感觉不到那些动人心魄的力量?我曾就这个问题问过孙书记。他说:"当你面对一幅画的时候,你首先感受的不是画的本身,而是这幅画背后或者是周围的那些东西。比如山的声音、水的颜色等。"于是,我也知道了,短短的十天时间,我要刻画出这些新朋友的真实面目,是非常困难的。于是,就有了本文开头的那一段话。

## 玛吉阿米

玛吉阿米是西藏拉萨城里的一间酒吧,名声显赫如曾经的北京三里屯酒吧。它坐落在拉萨闹市区八角街。确切地说,它是一座两层的黄色小楼,在一群白色的藏族建筑的包围中显得格外醒目。它的楼梯小到一个人上下都需要侧着身子。这个酒吧之所以出名,并不在于酒的品质,也不在于酒吧里有什么著名的歌手,而是在于它是静悄而温柔的。它的存在,似乎注定了要发生一件惊世骇俗的事情,因此我把它定义为隐藏在酒的背后、有关爱情的那一场风花雪夜的事。

2005年7月的某一个晚上,我一个人坐在玛吉阿米酒吧楼顶阳台上敲击键盘,等待着朋友们的到来。

拉萨的7月,晚上出奇的凉快,甚至可以说是有点冷了。我的边上是一群外国友人,他们安静地喝着啤酒,低声聊天。对面稍远的地方,是一些年轻人,他们很显然是暑假出来旅游的大学生。望着他们年轻的脸庞,我的脑海里是挥之不去的一首诗歌:

在那东山顶上

升起白白的月亮

年轻姑娘的面容

*浮现在我的心上*

一首在西藏人人都熟悉的诗歌,据说是一个神秘人物为纪念月亮少女而抒发的情感。无疑,这是一个非常浪漫的诗人。而我知道,这个神秘的人物,曾经是西藏人民的宗教领袖,第六世达赖喇嘛仓央嘉措。

下面的一段文字,就是我所知道的仓央嘉措。

在西藏门隅地区的达旺寺附近,有一个叫作乌金林的地方。这儿十分僻静,很少有人会注意到它,历史上也没有出过什么能够惊动整个西藏的大新闻。但是在1683年3月1日,却有一个不寻常的男孩在这里诞生,他就是后来在西藏历史上赫赫有名的第六世达赖喇嘛仓央嘉措。

仓央嘉措出生时,当地出现一些奇异的征兆。而他从三岁起就表现奇特,喜好朗诵、写字,并说自己是阿旺洛桑嘉措,要到布达拉宫去居住。因此,门隅地区许多人传说他是一个大活佛的转世。为了证实这个传说,人们带着第五世达赖喇嘛生前用过的物品对他进行了考察,仓央嘉措准确无误地认出了五世达赖喇嘛的用品,于是,在1697年10月25日,他被确认为第五世达赖喇嘛的转世灵童,并得到了清政府的首肯,同年,在布达拉宫举行了坐床典礼。

仓央嘉措非常聪明,又有高师指点,学习进步很快,对文学有很高的天赋。他在接受佛学教育期间,写了《色拉寺大法会供茶如白莲所赞根本及释文》《色拉寺外院马头观音供养法及成就诀》

等，表现出很高的写作水平和文学造诣。在开头的几年中，他像其他的转世活佛一样，过着平静的学经僧人生活。

仓央嘉措作为一个敏感的青年，很快就对戒律森严的宗教生活感到厌倦，同时，他也感觉到了统治集团之间权利斗争的恶险。他向往世俗平民安静的生活，追求美好的爱情。他把自己复杂的感受和热烈的追求，用民间歌谣的形式记录下来，成为西藏文学史上的一朵奇葩，被后世称为《仓央嘉措情歌》。据说玛吉阿米，就是他和心爱的姑娘相会的地方。

当人们体味，当年这个多情的宗教领袖在玛吉阿米，面对着心爱的姑娘倾吐"若随美丽姑娘心，今生便无学佛分；若到深山去修行，又辜负姑娘一片情"这样的矛盾和无奈时，会做何感想呢？

然而，戒律森严的西藏统治界又岂能容忍这样的叛逆？他被借口不守清规戒律而废黜。据史料记载，不久，仓央嘉措在被押解北京的途中因病去世，年仅二十四岁。也有传说他在被押解的途中神奇地消失。这以后的故事，恐怕就只有靠想象了。

事实上，"权"和"利"的斗争在统治阶级内部由来已久，从来没有停息。仓央嘉措厌恶这种丑恶的争斗，他的平民意识是他所在的统治阶层无法容忍的。于是，西藏人民的这位年轻的宗教领袖，自然成了统治阶级高层斗争的牺牲品。

西藏史籍上有关第六世达赖喇嘛仓央嘉措记载很有限。我想，这和他所做出的功绩应该没有关系。在当时等级森严的西藏统治界，传统上是不允许有这种另类声音存在的。不过现在不同了，在拉萨的任何书店或旅游景点，我们都可以在显要位置看到第六世达赖喇嘛仓央嘉措的诗集和作品，还有介绍他的书籍。看来，传统也不是一成不变的，随着时代的变迁，传统也在变化。听着导游给我们讲第六世达赖喇嘛仓央嘉措的传奇故事，我从她的眼睛里读到了奴隶被解除禁锢以后的快乐释放。

爱情真的是毫无道理可言的，它的来临不分场合、不分地点，也不讲身份。让我感到欣慰的是，虽然历史上也曾另立过一位第六世达赖喇嘛，但布达拉宫内昂然伫立的仓央嘉措灵塔告诉我们，西藏人民并没有忘记他们这位多情的领袖。

那天，我们在玛吉阿米酒吧坐到了很晚。我们一边品味着玛吉阿米酒吧内提供的啤酒，一边感受着西藏的爱情，感觉就像回到了三百多年前的某一天。也许，就在我们所坐的位置上，发生过一场风花雪月的事。

### 行走天路

"那是一条神奇的天路，带我们走进人间天堂，青稞酒酥油茶会更加香甜，幸福的歌声传遍四方，幸福的歌声传遍四方。"

这是一首名为《天路》的歌曲，是我们在日喀则的时候，日喀则科委徐书记请我们吃饭的时候为我们点唱的。当时的场景和效果，即便是这首歌的原唱韩红，也未必能达到的。而唱这首歌的小伙，不过是内地去西藏的一个流浪歌手。

行走在世界屋脊的天路上，我们的感觉几乎是跟着这首歌走的。

快要到雍布拉康了，我们让司机在路边停车，方便拍摄雍布拉康的全景。拍着拍着，我们就拍进了路边的藏民家。

这是一个普通的藏家庭院，院子里开满了不知名的小花，一串一串的，一直从地下爬到了窗台，非常抢眼。我们就像走进自己家里一样地走进这家人的房间，像和自己家人聊天一样地和女主人唠家常，知道了这名叫达珍的女主人，今年二十九岁了，她背上的孩子看起来还不满周岁。她家里有两个老人，还有丈夫和一个妹妹。我们这种没把自己当外人的举动一点也没让她惊奇，仿佛我们是她家出远门的亲人，今天回到了家里。她看到我们进去，脸上堆满了笑容，热情地给我们倒酥油茶并让我们随意参观拍摄。这样的从容和大度，是我们这些所谓见过大世面的人都惊奇的。

行走在天路，我们有一个共同的愿望，看看帐篷中的藏民，了解他们真实的生活。可是，眼看着游程就要结束了，我们还没有去过真正意义上的帐篷。其实，这并不奇怪，西藏发展到今天，藏民基本已经定居，只有在外放牧的藏民，为方便放牧，才会居住在临时帐篷里。

老天不负有心人。7月25日，我们在回拉萨的途中，终于如愿以偿地到藏民的帐篷里做了一回客，有了真正意义上的帐篷之约。

那是在当雄县的境内。美丽的草原上开满了蓝色的小花，头顶是一如既往的蓝天白云。良辰美景，和风扑面，大家的心就再也不想离开了，赶紧让司机停车，拿出准备好的干粮，享受阳光午餐。

我们当中的小弟弟张建军顾不上吃饭，就去选景了。我在文章里就提过，对于摄影，他是初入门，所以格外勤奋。那天是他首先发现了帐篷，把我们招呼过去了。

这是一个非常简陋的帐篷，可以用一无所有来形容。中间用几块石头搭了个架子，有牛粪燃烧后发出的淡淡烟味。帐篷的四周，也是用石头压着固定。我们掀开棚布，映入眼帘的是一个狭小的空间。如果进去的人高一点，也许就站不直了。一个老人抱着一个孩子坐着，旁边还有一个十几岁的小姑娘。看到我们进去，小姑娘拼命把掖在她身后的被子往前拉。她是想用被子给我们打造一块干净的、可以坐的地方。事实上，帐篷内确实没有稍微干净点的地方，地上都是土，原始的泥土。牛粪上是一口锅，锅上面没有盖，里面煮的是羊奶。同伴用杯子倒了些让我喝，说实在的，我即便想做做样子，拿起后还是喝不下去。也不知道为什么，脏抑或腥，似乎都不是。要知道下乡时我也曾经直接从地里拔出萝卜连泥带皮地吃。是嫌弃帐篷内的人吗？更不是。她们那么灿烂地笑着希望你品尝她们的美味，那种感动，让我不敢有一丝的杂念。总之，就这么毫无来由地喝不下这也许是这个世界上最为干净的羊奶。至今想来，这种喝不下，应该跟我当时的心境有关。我第一次看到了什么是一贫如洗，什么是尽己所有的待客，深切地痛悔自己干净的外表下已经无法纯净的心灵。

通过肢体语言和笔,大约知道了小姑娘的名字叫桑旦雪珠,今年十三岁,正上小学五年级。那个我们看起来像个老太太的人是她母亲,而她母亲怀里的婴儿叫卓玛,是她姐姐的孩子。他们家有六个兄妹,爸爸扎西出去放牧了,去看护她们家那十五头牦牛。这似乎是她们家最大的一笔财产。我们拿出铅笔、本子之类的文具给桑旦雪珠,她那张漂亮的脸上写满了惊喜。她的母亲则开心而尖声地大笑,她也尖声地大笑,仿佛不这样不足以表达她们的感谢之情。

很久了,已经很久没有听到这么纯粹的笑声了,我的热泪夺眶而出,赶紧用同样的大笑掩饰。她们穷吗?她们快乐吗?和我们的丰衣足食相比,谁更快乐些?

桑旦雪珠帐篷的旁边,是草原一片壮丽的景色,蓝天下的草原上开满了不知名的野花,那个小小的帐篷在绿色的草原中只不过是一个小小的点缀。无论草原还是帐篷,都是那么缺一不可,紧密相融。在当时的环境中,我一时迷失,竟不知道,究竟是草原因为帐篷而美丽,还是帐篷因为草原而漂亮,就像不知道,西藏因为有了藏民而丰富,还是藏民因为有了西藏而幸福。

要分别了,张建军慷慨地把一张百元大钞给了帐篷里的老人,而我也将口袋里仅有的一张五十元给了老人。同伴严身上没带钱,我相信要是带着的话,她会比我们更慷慨。我们出来的时候看到老人在研究那两张钞票。很显然,她还没有见识过这些大面额的钱币，不知道它的具体价值。

在西藏，硬币是不流通的，零钱的面额可以小到分，我们见到最多的是一角的小票，对于从不出远门的桑旦雪珠的母亲来说，这样的大钞是不容易见到的。但这有什么关系呢？在那个时候，钱的多少已经不重要了，它只是一种情感的代用品，和"乞讨""施舍"这样的字眼无关，仅此而已。

我们行走天路，也会听到一些不同的声音，这是现代文明之风中的尘埃，是《天路》以外的另一种声音，我们姑且把这种声音定为无主题伴奏，是一首好歌中的必然陪衬。

在惹拉冰川脚下，有很多藏民妇女抱着小绵羊等着我们拍照。她们那么安详地站在阳光下，让你忍不住要将镜头对准她们。且慢，说不定你按下镜头，那边就伸手跟你要钱了："十元。"没有任何商量的余地。我就有过亲身体验。也是在世纪冰川的脚下，我看到有三个妇女并排站着，脸上有着一般藏民少有的干净，于是，就举起了相机。她们也训练有素地摆开了pose（姿势）。还没等我收好相机，那边就跟我要钱了，30元，每人10元。我说没有钱，要不就给10元。她们三人一起逼了过来，非要30元。后来我掏出口袋里的零钱，告诉她们，我只有15元。她们一把抓过去，顺便把我一起掏出来的零钱也拿走了。还有更有趣的。我和同伴去上厕所，那是一个露天的茅坑，不过用砖头垒了一米多高的墙。等我们如厕出来，竟然有妇女过来跟我们收钱。看她那架势，显然是在边上摆摊的。这次我们有经验了，知道那是讹诈，没有理会。她要了一会，见我们没理她，只好没趣地回到自己的摊上去了。

在西藏的一些景点，我们不时地会遭遇这样的尴尬。比如骑马，说好了10元，可等你要付钱的时候，也许就变成了15元。当然，如果你坚持不给，他们也就作罢了。怕的就是你的妥协，你的心肠一软，他那边就又是一次成功的讹诈。而我更愿意把这些称为另类的乞讨。在西藏，我们会偶尔接触到一些这样的乞讨者。

有时候我们也纳闷，停车的时候，明明没有看到什么人，可等我们的车一停稳，车门口就已经聚集了一些乞讨的人。他们多为老人和孩子，也有年轻的，多半是没事看稀罕。要是有人肯给的话，也不拒绝。

一次，其他的乞讨者已经各自拿了东西走了，只有一个老人还没有走，她就站在我们车门口，伸出右手，也不说话。我们已经没有什么可以送的了，看她这样坚持着不走，我就把自己口袋里用来当点心的一个水煮蛋给了她。边上的朋友见状，也把自己口袋里的水煮蛋掏出来给了她。其中一个朋友给她的水煮蛋有点压破了，但绝对不影响食用，哪知这个老人拿到以后，随手就扔了。见到这一幕，我们面面相觑，非常震惊，不知道说什么好。她的衣服是斜对襟的，胸前因为放了很多乞讨来的东西，已经显得满满当当，像个袋鼠。之所以还给她吃的，是想到她是一个老人，不忍拒绝。没想到，她竟然这样糟蹋食物，用佛教的话说，是这样的不惜福。这是我们所不能理解的。我们第一次冷静地思考：在西藏这样的地方，我们的施舍将会意味着什么？当我艰难地写下这些文字时，我的心是沉重的。我更愿意上述的这种关于西藏人的另类文字，不是我亲身经历而是道听途说。

还有更奇怪的。如果我告诉你，在拉萨的最后一天，我们吃了一盘四千多元的大盘鸡，打死你也不会信的。可是，我们就亲身经历了。那天我们在一个小店吃大盘鸡，也是想体味拉萨的餐饮特色。说起来怪我，不知道为什么突然想到店里的大盘鸡会洗不干净，于是，就我对严说，你要去看牢他们，防备他们洗不干净。谁知道严这个人办事特别认真，她把我的话发扬光大，亲自动手洗上了。

的确，鸡是洗干净了。可等她忙过以后，突然发现口袋里的相机不见了。这可是才买的数码相机，价值四千多元，还是第一次使用。大家都帮着分头寻找，还问了很多人，就是没找到。谁知，就在这时，同在店里吃饭的一个老头冷冷地说了句："别找了，已经给人偷走了。"我们又问，他回答说是亲眼见到。我们奇怪于他怎么就能不见义勇为？旁边的人就说，别怪他，这里就是这样，没有人会理会这些小偷的行为。

那天的大盘鸡味道确实鲜美，可是大家都食之无味。四千多元不是个小数目，况且还有相机里那些精美的照片。我的心也是沉重的，一句话的代价就是一个相机，也太贵了。能怪谁呢？佛说，给人提供犯错、犯罪机会就是造孽，那就是我造的孽。

就这样，我们行走天路，行走在神圣与幸福、美好和遗憾之间……

## 丽江午后

总有一些下午是令人难忘的。

2008年初冬的一个午后，当出租车停在丽江一中的门口。我的眼前站着一个穿黄色运动服的人，司机问我："这个人是来接你的吧？"我随着司机的视线，看到一个瘦瘦的人迎了上来。他对我说的第一句话是："是你吗？"

"是我！"我和他就像核对接头暗号一样地心照不宣。

其实，之前跟他只是电话联系了一次，也没有通报姓名，不知道为什么他就这样一眼把我对上了。他熟练地打开出租车的行李箱，拿出我的行李，肩背手提地走在了前面。突然间，他身旁闪出了一只漂亮的狗，我没有任何理由的就认定是他的狗。于是，跟在他和他的那条狗的后面走去，心里暖暖的。这应该是阳光下我到达丽江的第一感觉。

丽江古城的五花石，显然不是为高跟鞋准备的。我战战兢兢地跟在他的后面，生怕把脚扭了。他在前面走，那么重的行李背在他身上，我心里很是不忍。就想让他把行李箱放到地上拖，可是他心疼我的行李箱,说:"不用,马上就到了。"说话间,就到了在网络上被称为"有家客栈"的地方。

"有家客栈"是丽江极少有的全部房间临河的客栈,河对面的杨柳成为整个客栈的背景。一楼活动空间,二楼房间,三楼大平台可看古城屋顶以及夜景。

一进门就看到有茶具凌乱地放在桌上。有人在喝茶。再看,就觉得有点乱。这个"乱",是指沿河栏杆上的植物,被午后的阳光照着,凋零乱落。我却无端地喜欢起了这个"乱",因为它让我想起了家的温暖。

我被邀请上楼看房间。走廊很宽,一长溜地排着拖鞋,这让我想起了日本的榻榻米。一个秀气的江南女子在那里忙碌着。我猜她就是网络上介绍的那个上海美眉。果然,她和我们说的第一句话就是:"我在房里和房外都放了拖鞋,麻烦你们出门进门换换,主要是为了让你们住得干净些。"一句话,就把女主人的身份暴露了。

房间简单但很干净,我很肯定地决定住下了。就听女主人喊:"老罗,把行李拿上来。"就见楼梯上他的身影上来了。才知道,他是男主人老罗。

女主人下楼的时候,告诉我放下行李就下来喝茶。对于我这个嗜茶如命的人来说,喝茶几乎是每天的必修课,想不到在丽江也有这样的机会。

我拿了随身携带的乌龙茶,下楼,才坐下,旁边就冒出了那只

来不及长大就老了

大狗。冷不防冒出来，着实把我吓了一跳，就听女主人在那里说："拉拉走开。"接着又说："它就见不得别人吃东西。"那语气，就像母亲在呵斥自己疼爱的孩子。"拉拉"，一个显然很受宠的名字。

这是我第三次来丽江，却是第一次这样悠闲地坐在一个小客栈，和一个才见面的陌生人老朋友一样地喝茶。

就像和自己的家人商量，老罗很自然地问起了我明天的打算。当他看到我从机场带过去的旅游推荐书，惊呼起来："哇，这是超豪华的旅游啊！"他建议我，还是选择更实惠的旅游公司。他说："你别看那推荐书上写了那么多地方，其实只是路过，给你玩的是文字游戏。"

老罗是四川人，两年前才从泸沽湖来丽江。而他的太太——上海来的妹妹乔伊，有着诗意的名字、诗意的身材和诗意的脸庞，江南妹妹的灵秀明白无误地写在了脸上。她2005年来的丽江，2007年才开了这家客栈。乔伊说："今天这里断电，晚上我们约了一起去吃斑鱼，你要愿意，也一起去啊。"这一刻，我觉得一下子就成了这个家庭的一员。

"选择在这里生活的人，是没有抱负、没有追求的人。"这是乔伊的话。我不知道这句话的对错。只是马上联想到在一本佛教杂志上看到的著名学者南怀瑾的一篇文章《钱财买不来的是寂寞》。整篇文章的大意是"人生的最高境界是享受寂寞"。南老先生说："当夜深人静时，一个人跑到高山顶上或大沙漠里，非常宁静，自己的眼泪就不晓得怎么会掉下来，这不是悲伤也不是喜欢，那是一种无比宁静的空灵，身体的每一部分都自然打开了，心里的痛苦烦恼什么都没有了，就是古人所谓'空山夜雨，万籁无声'，只听到空山里雨水拍打树叶的声音，别的什么都没有，那是寂寞的享受，不是钱财能买来的。"

在老罗和乔伊身上，在这家充满家的气氛的小客栈中，我看到了这种甘于寂寞，只求心灵自由的幸福。如此简单。

这种寂寞，我今天在到达丽江《有家客栈》的那一刻也体验到了。丽江的这个旅游淡季一点不淡，而街上的喧闹中，我依然能感觉到那种安静和寂寞。这可不是每一个踏上这块土地的人都能感受到的啊。

阳光不露声色地移动着，静静地晒在那把安静地躺在沙发上的吉他上。桌上的五线谱泛着陈旧的光芒。我问："老罗，你是搞音乐的吗？"一边的乔伊笑着说："他是搞伪音乐的。""给我们弹一首吧！"我要求着。

那一刻的老罗突然有些腼腆，他竟然说找不到一首可以弹给我们听的曲子。我起身看着身后书架上的书，老罗的琴声若隐若现地响起。而当我从楼上拿来笔记本的时候，老罗的琴声突然就流畅起来。这才是老罗的"伪音乐"吧！

冬日的午后，在丽江的一家小客栈，阳光很温暖，心很温暖，老罗的琴声也很温暖。

## 章村素描

早就听说章村了。

多年前,一个朋友带着他的儿子,骑着摩托车,朝圣般地去了本市安吉县的章村。回来后告诉我,他走过许多地方,爬过山山水水,章村是个不能不去的地方。

朋友是个音乐制作人,用时下比较时兴的说法是MD音乐的发烧友。那段时间他被铺天盖地的电脑音乐搞得头昏脑涨,而他自己的音乐灵魂却找不到方向了。

后来我欣赏朋友从章村采风回来以后制作的音乐。那声音轻灵水秀,似被灵魂之水洗过的。我不太懂音乐,但我以为,那应该是章村的声音。

2005年7月一个夏日的午后,我来到了章村。

章村隶属安吉县,这是一个抬头见山、低头见水的美丽山镇。碧绿的山、灵秀的水、古朴的原色,让我感到章村就像一个刚出嫁的新娘,有着令人赏心悦目的美。

我们入住的南源宾馆就在镇里的主干道上。宾馆的门前有一条长长的溪流,正值连着下了几天雨,水流湍急,哗哗地奔腾而过,

来不及长大就老了

很有些气势。而宾馆的正门，正对着连绵逶迤的大山，真应了那句"开门见山"的古话。

宾馆的老板四十来岁，很健谈。他说，刚开始那会儿，他很想把宾馆的名字叫成"红灯笼客栈"，并用杉树皮装饰墙壁，把宾馆建成山水一色的那种类型，再挂上红灯笼。可是他到底没有那么做，据说是怕别人把饭店和"挂灯笼"这个暧昧的词联系起来。

其实，到过章村的人都知道，在面对章村"秀色可餐"的景色时，人们的想法，恐怕就只有这此情此景了。

山里人实在，这是章村人给我的第一印象。

第二天早晨，雨过天晴。路上还是湿漉漉的。我们在章村书记陈文渊的带领下，去章村的一个集体经济相对发达的高山村。

一路上，我们就像欣赏一幅慢慢展开的画卷，渐渐地进入角色。那是什么？那又是什么？我在内心里揣摩着，一次次地被自己的发现打动，又一次次否定。因为我们心里都清楚，无论什么样的景色，都是她自己。还有什么比自然美更好的景色。难怪章村人会说：章村的景色就像一个变脸大师，无论是银装素裹的冬季，还是山花烂漫的春天；无论是枫叶红了的秋季，还是凉风习习的夏日，她都能向你变幻出不同的表情。

的确，群山环抱中的章村，由于大自然的恩宠，植被非常丰富。境内峡谷幽深，山川林立，瀑布众多。大名鼎鼎的省级自然保护区——龙王山景区曾因黄浦江源头之说而名噪一时,双鱼塘、马蜂庵、仙人坟、红军洞等景点,更不知吸引了多少来到这里览胜的游客。更为奇特的是,在云龙山的深处,有一个奇异的山洞,洞内可容纳一个营的兵力。据说当年太平军也在此驻扎过呢。我遥想当年的盛况,仿佛耳边仍有隆隆炮声。

汽车在盘山公路上走不多时,就到了高山村。

高山村海拔500米以上,常年云雾缭绕,季节反差大,因为没有虫害,不用农药,这里种植的蔬菜被称为高山无公害蔬菜,市场上一直供不应求,尤其受杭州市民的青睐,这当然也为这里的村民带来可观的收入。

快到山顶的时候,我们见到了在这里种植蔬菜的一对老夫妇。

"你们从哪里来?请进来喝杯茶。"我们就这样被这种中华民族最原始的"茶道"给引进了一户农家。

喝着老人自己采摘和炒制的高山茶,我心里漾起一股别样的清润。坐下来和老人唠家常,感觉就像回到了自己的家。

老两口的房子很简陋,但干净整洁。电视、电话一应俱全。小屋的旁边有一间新建的屋子,堆放着刚采摘的番茄,或红或黄或绿,颜色清翠欲滴,清香阵阵。忍不住诱惑,也顾不得客套,我们拿起番茄便吃了起来,边吃边想着都市商店货架上林林总总的水果,又怎敌得过此刻的满嘴清香?老人告诉我们,儿女都在山下工作，只有到了大忙季节，才上山来帮忙。这几乎是章村人家的典型写照。年轻人多在外面闯世界，老人在家也不闲着。我们以为旁边的新房子是老人给孩子准备的，谁知老人笑着说，那房子是给客人准备的。

把好房子留给客人住，这是章村人的待客之道。

中午，我们在高山村的村民何学群家吃饭。

这是一个普通的农家小院。进门的正面，是一张大幅的毛主席画像。在过分明星崇拜的今天，这让我感到了一种久违的亲切。房间右侧的墙上，贴满了孩子的奖状。他们家还有个蹒跚学步的孩子，一双大眼睛瞪得像桂圆，小嘴蜜罐似的，见人就喊，让人忍不住喜欢。走路还不稳的他，人小鬼大的什么都要自己来。我拿起相机要给他照相，他那边竟然明星似地躲镜头。我逗他："让我抱抱，就不给你照相了。"他小脑袋瓜想了想之后，满怀委屈地让我抱了抱。我们不禁乐得哈哈大笑。

在吃了充满农家特色的午饭后，我们又继续了在章村的旅程。

从高山村下来，我们经过了浮堂村。这里离安徽的宁国只有七公里左右。据说，抗日战争期间，日本侵略军一直打到了这一带，快要打到宁国了，才突然停止。

盛夏的午后，天气越来越热了。我们徒步来到一个有古老台阶的地方，感觉有点像是脚踏青石板路的轻盈。那些台阶看起来有些年头了，却依然坚实。陪同去的友人说，那少说也有200多年了。据说是当年村里的兄弟俩出门打拼，发达了以后回来捐建的。又说我们脚底下踩着的石头，则是冰川时期就留下的。"哇……"我们惊奇地大叫起来。

友人是从章村的大山里走出去的一个学子，也曾经是湖州市里的援藏干部，说起他的家乡，情至深处，高原红就不时地浮现在他那张腼腆的脸上。

我们沿着台阶逐级而下，就来到了章村的一个景点——水车岩。

水车岩，顾名思义，就是像水车的岩石呗。远远望去，水车岩静静地在阳光下睡觉。

其实，那是大自然造地运动的杰作。我想，也许是在冰川时期的某一个时刻，地球打了一个小小的喷嚏，就把原本横着的石基层竖了起来，而成了目前酷似水车的景观吧。我们还能说什么呢？在大自然面前，人类的力量是多么渺小啊！

天热，我们在竹林里坐下歇息。竹林里静悄悄的，风似游丝穿行在竹林间，一会儿就被暑热吞没了。这样的时候，放下身边的一切，心灵可以散漫得无边无际。它有时在竹梢，有时在远方，随处飘荡。我真想就这样坐下去，让疲惫的心和浮躁的灵魂得到自由的释放。尽管天是热的，汗水不停地流淌，而我此刻感觉到的，竟然是光着脚在家里走来走去的那份自在。

章村的山很深，绵绵不绝，还有很多景观是我们在短短的时间里脚步无法触及的；章村的水流很长，涓涓不息，它从哪里来，要到哪里去，也是我们暂时无法探究的。但这又有什么呢？章村何处不美啊。它就像一处流动的风景，不需发现，只要感悟。

在短短一天多的时间里，章村给我的冲击力是巨大的，巨大到我无法用文字去表达我的感受。我思考，章村究竟是一个什么样的地方？它的神奇之处究竟在哪里呢？

有人说，章村就像镶嵌在大山里的一颗明珠，晶莹剔透，无论从哪一面看，它都是那么透明精致。

也有人说，章村是个富有灵气的地方，艺术家只要去了章村，就会创作出不同凡响的艺术作品。

我曾经在一个专业的摄影网站上看到过章村的照片，那上面的照片，像是被音乐浸润过的，无论是绵绵不绝的山川还是层层金黄的梯田，无论是气势宏伟的水库大坝还是涓涓流淌的溪流，都能让我联想到贝多芬的交响曲和舒伯特的小夜曲。

而我，则像许多到过章村的人一样，只想把章村当成我可以洗去身心疲惫的地方。远离尘嚣，远离世俗纷争，纯粹地在这里感受她的山山水水，享受她的一草一木，寻求心灵的宁静。从这个意义上来说，章村真的就像超越尘世的天堂。

陶渊明在《桃花源记》中描述了他所向往的天堂。而章村的美

恰如另一种天堂,在山水和田野之间,你喜欢这样的天堂吗?你想看看天堂是什么样子的吗?那你就到章村来吧!

## 我向往的天堂

这是一个古老的村庄。

村口有一棵大树,树下有一弯池塘。一条小路通向远方。小路就像风筝上的一条线,游子走得再远,也能找到回家的路。天堂里的房子不需要很大,有个小小的天井就行。不要雕梁画栋,只要小小工匠在门楣上刻上"读书天下,学尽人间"。我想象那几个字的字体是应该朴素甚至稚嫩的,但它所表现出来的精神是弥足珍贵的。因为在天堂的人,可以没有钱,但不能没有书。

当然,天堂的家门口要有一口水井,井里要有小鱼游来游去,水就这样被游活了。喝了这种充满灵气的水,人就可以和这个天堂对话了。

我向往的天堂,树应该是参天的。而根,必须连在一起的。就像那些长在后山上的苦槠。

这种材质致密坚韧而有弹性的树,据说是很恋山的。居住在天堂的人们,知道苦槠的坚果含淀粉,果肉洁白如玉,香甜中含有些许的苦味,带壳和黄豆在一起炒,是解馋的佳品,用水脱涩后还可做豆腐食用，称"苦槠豆腐"，是夏日百姓用来清凉解毒的好素菜。当然，既然背靠有山，山上还应该有珍贵的红豆杉。这种树生长速度缓慢，再生能力差，在世界范围内还没有形成大规模的种植，在天堂的山上，却应有尽有。那一粒粒红豆是远古寄往今天的相思。

天堂里的山不是很高，可它有森林；它不需要很大，可是能怀抱村庄。

最后，也就是最重要的一条，我要告诉世人，天堂里也是有规矩的。这个规矩有时候甚至是残酷的。比如捡拾一根树枝，哪怕是已经枯萎的树枝，也是要被拔指甲的。由此，我们才能知道为什么那么一座小小山，那么薄的土层，植被会保护得那么好，茂密得像森林。

我向往的天堂其实也不远，它就在浙江金华的武义城边上。它的叫郭洞，它的名字和天堂一点也不沾边。

可是我喜欢这样的地方，它是我向往的天堂。

## 野象谷情歌

热带雨林西双版纳，连雨后的阳光也是湿漉漉的。野象谷的植物像是刚从梦中醒来，伸了个懒腰，就马上精神了。

路上，不时能见到野象的脚印。这让我想起，有一年也是在野象谷，碰到在这里拍片的天津电影制片厂导演胡春桐。他很激动地告诉我，拍到了成群出没的野象，运气好极了。还说，可以把这些镜头拷给我，让我拿去电视台评奖。著名作家徐小斌老师在她的一篇散文里也说到在野象谷晚上看到了野象的事。虽然当时有很多人，但就她看到了，所以我能想象她当时的兴奋状态，一定如孩子般的欢快。无论是胡导演还是徐小斌老师，他们都是有福之人。因为在野象谷，虽然因有野象出没而出名，但是，人们要在这个地方和野象亲密接触，还是困难的。我已经第二次去野象谷了，却从未有这样的幸运。

这次重访野象谷，发现比之前几年，野象谷的生态环境越来越好，植物的品种也越来越多，都认不过来。游客自然也多，是当地游客量最多的景点。

大象一直被认为是一种聪明的动物，它惊人的记忆力连人都自愧不如。对于伤害过它的人，即便十年之后，它依然能用鼻子在人群中一把将你揪出来。关于大象，我还知道一个更神秘的词——"象冢"。

没有人知道象冢在哪里，只知道每群象都有一个象冢。或是一条天然的地堑，或是一个巨大的溶洞，或是地震留下的凹坑。凡是这个象群里的象，最后总会回到象冢。传说象在感觉死期来临的前半个月，就会离开同伴独自走到神秘的象冢去。那是一个神秘的地

方,虽然从出生到死亡,每头大象都未见到过象冢,但它们却能凭着本能找到自己最后的归宿。

我听说,从群居地到象冢,有一段很长的旅程。它们孤单地走,慢慢回忆自己的一生。这种情景,无论大象是悲哀地离开还是快乐地死去,对我这个听众来说,都是个忧伤的故事。

我猜想当年胡导拍摄到的野象的镜头,很多都是后来CCTV-6《象冢》里的镜头。

如今,环境的改善使野象出没的概率更高了。野象谷时有野象攻击游客的事件。所以在我们进入景区以前,还被告知,不得惊扰动物。景区里面,路边也不时有警示牌,告诫游客,为了安全,晚上不得擅自留在园内。

野象谷的鸟也特别有灵气,认得钱币面值的大小。请它表演衔钱币,十块面值以下的人民币是不要的。一位游客手里同时拿了一张二十元的人民币和一张五元的人民币,它叼走了二十元的,把五元的留下了,坚决不为小钱所动。我笑它:"那么果断,肯定不是寻常人的手笔。"

而在蝴蝶园内,雨后蝴蝶的翅膀湿了,沉重得它们懒得飞翔,给了我们很好的拍摄机会。停在花瓣或叶片上的蝴蝶,都成了我们相机里的尤物。特别是枯叶蝶,它们飞翔的时候是蝴蝶,羽瓣合拢的时候像是枯叶,真乃自然界的奇观。当然,我们还拍到了一种鸡蛋花,是老挝的国花。它盛开的时候,里面是黄色的,像蛋黄,白色的花瓣像蛋白，因此而得名。野象谷和西双版纳的其他地方一样，生长着一种被称为"老来俏"的很特别的植物，顾名思义，就是越到老的时候越漂亮。我们运气好，正碰上"老来俏"开花。我旁边的小李说，她来景区多次了，第一次看到"老来俏"开花。

中午，我们在野象谷吃饭。过来了一群姑娘和小伙子，他们热情地为我们唱起了美丽动听的少数民族歌曲。一首又一首歌曲，让我们尝到了西双版纳的第一道民歌大餐。

云南民歌《月亮升起来》、布朗族的歌曲《布朗花》、爱伲族的歌曲《迎宾曲》《秋海棠》、基诺族的歌曲《竹筒调》、傣家歌曲《湄公河见证》……唱到高潮处，他们请出了野象谷艺术团里被称为情歌王子的小伙唱了一曲情歌《让我听懂你的语言》。柔美的歌声，丰富的表情，让我们身临其境般地体验了一个美丽的爱情故事。

想摘一片，一片绿叶
想写首小诗，一首小诗
告诉你，告诉你
西双版纳总有，总有忘归的感觉
哎……西双版纳，哎……西双版纳
水一样的傣家姑娘，傣家姑娘
让我踏上竹楼的台阶
让我走近你的面前

想牵一束,一束阳光

想拴一道红线,一道红线

告诉你,告诉你

西双版纳总有,总有收获的季节

哎……西双版纳,哎……西双版纳

水一样的傣家姑娘,傣家姑娘

让我听懂你的语言

让我融进你的世界

听着这柔美的歌声,看着歌唱者脸上灿如阳光的笑,我内心升腾起一种感动,一种切入肌肤的感动。而这种感动,正是我们要表达给这个美丽的民族的,是我们"水又族"("汉"字拆开了念)应该唱给西双版纳的歌。

在西双版纳野象谷听情歌,这是一种什么样的享受?您听过了就知道。

来不及长大就老了

时光刹那,

来不及拥抱清晨,

便已身披晚霞。

这些不能错过的美好和欢喜,

是迷药、饥渴和滋养。

## 爱上烧饼不如爱上你

前段时间,朋友告诉我,马军巷那边有个烧饼铺,那里烤出来的烧饼,好吃得不得了。为了证明她的话属实,还开了车带我去。

朋友是那种玩就要玩到极致的人,对好吃的东西自然也受不了诱惑,自发现有这么一个好去处,便常常光顾,更有甚者,还要请摊主特意给她私人定制,用她的话说,加一倍的钱,制作最好的烧饼。那天我跟了她去,她就让摊主做了十个特制的烧饼,里面的料几乎多了一半,味道就更不一样了。打那以后,我也经常光顾那个烧饼铺。我和她不一样的地方,我觉得那烧饼的味道已然很好,量也足,根本不需要什么额外定做。

江南的夏日之下,做烧饼是很辛苦的。上面是太阳烤,下面是炉子烤,其热可想而知。我常常看到摊主汗流浃背地忙碌,脖子上还搭一块擦汗的毛巾。那情景,只会给人一个感觉:生活真不容易。

说真的,我从没刻意了解过他们,只是本能地感觉他们应该是外地来的民工,租住了这个地方的房子,在门前开了这么一个烧饼铺。他们两夫妻搭档,妻子长得比较结实,做烧饼;丈夫相对瘦弱些,烘烧饼。用的材料是货真价实的木炭,所以不必担心煤气中毒之类的。烧饼的配料也很简单,就是切碎的猪油和小葱。旁观做烧饼的过程,也是极其简单:先是把面团揉软,里面加上葱、猪油,再揉匀，擀成饼状，在进炉子烘烤以前，再沾上些芝麻，不多时，烧饼就出炉了。趁热吃，那个味儿，好得没法说。

某次我出差从陕西回来，因为吃了陕西同事请吃的锅盔饼，感觉要回报同事的好意，就去买了这个小摊的烧饼给同事吃，告诉他们，这饼虽然没有什么名声，但味道也是富有江南特色的。结果同事吃了，一致欢呼叫好。

后来，偶尔和朋友们说起这个烧饼铺，才知道好名声已经在民间流传多时了。原来每个烧饼1元钱，随着物价上涨，烧饼也已经由原来的每个1元涨到每个1.50元钱了，可是依然挡不住买烧饼人的热情。我自然也是其一。后来去得多了，渐渐地，对这家人有了更多的了解。比如，我每次去总是买很多，20个或者30个。有时候旁边还有人在等，摊主绝不会因为我买得多而冷落了其他人，或者先给买得多的人。有时候买一个烧饼的人，不想多等，就让摊主先给了他们，摊主依然是不为所动。他的态度是诚恳的，做法却是坚决的。既然是排队，就有先来后到，挺有原则。

一次，我和几个朋友相约去喝下午茶，因为要在茶室解决中餐，我就想到了烧饼。特意绕道去买，却不料人去铺空。旁边修自行车的人告诉我，他们中午十点到两点休息，两点以后再来吧。说话者的口气，有些自豪。虽然我很失望，特别是几个在茶室巴巴等烧饼的人，已经饿得两眼昏花，可是我内心还是释然。炎炎夏日里的这几个小时的清凉，真的可敌金钱无数。懂得这个道理的人很多，但对于生意如此兴隆的一个小铺子，要放弃赚钱的机会，是需要勇气的。或许，事情远没有我想得那么美好，对于老百姓来说，这是他们的生计，是赖以生存的谋生手段，不是股票，也不是项目，完全可以晨钟暮鼓一样地准时机械。

某天上午，又惦记上那烧饼了，看了手表，十点还差一两分钟，赶紧过去，发现烧饼铺已经停止运转，只有炉子上还有三个烧饼。赶紧喊老板，出来的，却是个小姑娘，显然是他们的女儿，个子没有比炉子高多少，居然拿起长长的火钳，夹起烧饼，放炉子里，又回了下炉，然后再给我。一招一式，那么一丝不苟，让我心里一震。她才多大，便如此懂得把一件事情做到最好。当我转身的时候，小姑娘告诉我，还有5毛钱没找呢。我逃一样走了，告诉她，那5毛不用找了。不是同情或者怜悯，真的不是，那只是代表了我的一种态度，一种对于这个普通劳动者家庭的敬意：原来卖烧饼这样一件普通的事情，也可以做得很好。

斗转星移，这家做烧饼的铺子在这里已经经营了二十年，价钱也已经涨到了3.50元一个，变化之一是每个烧饼有了一个纸袋，吃起来更方便。依然是宾客盈门。如今，他们有四个人在做烧饼，每天的经营量已经有四五百个。我算术不好，也知道那个收入很可观，可是，那个做烧饼的人，依然波澜不惊，朴素和一丝不苟，他们就像路边的一棵树，已然成为这个城市的一部分。

爱上烧饼，不如说爱上做烧饼的那家人。

## 对小白菜炒肉丝的移情别恋

早上的一抹亮光让我感觉今天应该是个晴天。想要睡懒觉的我又被叫起来,因为有人替我可惜大好时光被白白睡掉了。

匆匆地用十粒微波炉里烤熟的银杏果和一个白煮蛋打发了自己的早餐,喝了几口白开水以后就上街了。

没有什么特别的目的,周末的这种闲散通常是为无所事事准备的。给儿子买了衬衣和休闲裤,一看表,已经到了该回家做饭的时间。

难得在家吃饭的日子,被看成了家里的节日,那一餐饭是必须郑重其是的。原因很简单,总想吃在外头吃不到的。比如小白菜炒肉丝之类的家常菜。

小白菜炒肉丝,在外面的饭店里真吃不到。不是因为那菜有什么特别,实在是因为它的普通。

我想起下乡的时候,每年总有一段日子是我特别盼望的,那就是参加公社的文训班。当时,一些公社的文艺骨干集中在一起排练节目,然后一个村一个村地巡演。排练节目和在田里干农活有天壤之别,不仅有轻轻松松的工分拿,还有每天2毛钱的补贴,甚至还有专门的厨师给我们做饭。虽然每餐只有一个菜,但那菜里头时不时出现的一星半点的荤腥,总是能把我们缺少油水的胃口吊得高高的。而这种所谓有荤腥的菜,十有八九是小白菜炒肉丝。写到这里,我的脑海里浮现的是一句"读你千遍也不厌倦"的歌词,而我们那时候是"小白菜炒肉丝,天天吃你不厌倦"。

那一刻,我头脑里回旋的是那小白菜里的肉丝香。香里面有一点点的甜,甜里面有一点点的鲜,跟着就有淡淡的味觉醒来。

而旁边的那个人,大概是想到了小时候母亲做的小白菜炒肉丝,虽然菜的量总是和这个家庭的人口不成比例,但因为少而形成的总是不够吃,馋,在记忆里升华了。真的,人到了我们这个年纪,就会这么毫无来由地怀旧。这种在记忆深处惊醒过来的怀旧情绪有时候是很要命的,认真起来和女人害喜不相上下。比如眼下,我眼前浮现的是朋友家门前种着的绿油油的小白菜,已经变得无与伦比地诱人。这种诱人甚至已经超越了菜场里整齐堆放的一捆捆小白菜。

唯有朋友家的小白菜好吃,这是我们当下的共同感受。于是,赶紧给朋友打电话,想告诉他,我们惦记上他们家小白菜了。可是,任凭电话响了一遍又一遍,就是没人接。有人打退堂鼓了,而我的情绪却被激起了。不就是家里没人么?又不是不知道那菜种在哪里,光天化日之下拔总不算偷吧。并为自己找了一个借口,和"窃书不算偷"应该是一个道理吧。再说,也就剩下这点对小白菜炒肉丝的念想了,难不成还忍着?想到这里,我毫不犹豫地把车开到朋友家门前。进到他们家种菜的院子,动手拔了起来。不消两分钟，就搞定了一盆小白菜的量。

中午，我们还请了同学来吃饭。一盆小白菜炒肉丝放在同学的面前，他吃得比我们还香。而两个像害喜一样垂涎着这盆菜的人，却吃得不多。

也许，所有对于这盆菜的爱情，早在它端上饭桌之前就完成了。剩下的，就只有移情别恋了。

## 泰州早茶不一样的情怀

在相隔了二十年之后，再一次品尝泰州早茶。

和二十年前不同，这次我是奔着早茶去的。事先在心里已经丰富了它，当然也有莫名的担心，担心岁月使那些泰州名吃变味了，或者干脆就没有了早茶。

我问自己，二十年是一个什么概念？我想了又想，认为是我那曾经蹒跚学步的儿子，已经成长为一个挺拔的青年。这便是岁月的无所不能。

再次想起了二十年前。

那是一个春日的早晨，我抱着儿子，坐长途汽车去常州，在那里和从泰州赶来的她会合，再换乘去泰州的汽车。那情景很像一

个小母亲抱着孩子去看望孩子他爸。可是我这样风尘仆仆地长途跋涉,只为看看她,那个让我可以放弃爱情的她。

在对待感情的事情上,我们几乎是臭味相同的一对。只是我们看重的对象不同而已。在她的世界里,亲情重于友情,友情重于爱情。而我则是友情大于亲情,亲情大于爱情。我们都不是把爱情看成唯一的女人,这或许是我们成为死党的原因。

那时的她,娃娃一样年轻的脸庞上,总是洋溢着羞涩的笑。当时她正和一个年轻的医生谈恋爱。和任何一个沉溺于爱河中的姑娘一样,她有一种故意掩饰的喜悦。她不大会照料自己。可是她的旁边总聚集着一两个铁杆姐妹,她们帮她洗衣,跟着她到任何一个地方。

她想方设法带我去吃了她认为泰州最好的东西。那其中就有泰州的早茶。而那次聚会中最受优待的则是我和她的男友。凡是最好的东西,都是我和她的恋人优先享用。

我记得因为早茶的量太多,而我的肚子容量有限,很多东西都没能好好品尝。特别是闻名全国的泰州干丝,简直就没怎么尝。回忆起来,竟不知干丝好在哪里。这让我在后来的岁月里老是遗憾,觉得自己是在想象一个渐渐走远的情人,找不到她清晰的表情。因为如此,二十年后对那一道一道上来的,程序一点也不紊乱的早茶,才更加惦念起来。

2007年8月11日早上,我们一行九人,围坐在泰州一个传统餐饮店的餐桌前,等待这餐对我来说已经惦念了二十年的早茶。

第一道自然是干丝。每人一小碗，由肴肉和香葱等凉拌而成。米黄色的干丝配上微红的肴肉和绿色的香葱，还没开吃，就先把眼睛给养舒坦了。而散发着淡淡豆香的干丝，柔软滑腻，则把味觉诱惑了。有内行的朋友马上提醒我们，不要吃太多，给后面的点心留点肚子。

第二道是荞麦饼，外脆里软，淡得几乎没有咸味。要的就是让你品尝它的本色味道，又是别样的一番滋味。

第三道是蟹黄包，包子个儿大皮薄，馅是蟹黄和猪肉调制的，放了适量的姜丝，既解了腥味，又中和了蟹黄的寒气，那个鲜啊，实在无法形容，差点把舌头也吞下肚去。自然也不敢把那么大的包子全吃了，需要留着胃吃后面的美餐。

第四道是印度飞饼，这是外来货，额外的，所谓中外结合。我坚决空着肚子享受后来的点心，干脆一点也没吃。

接下来，是每人一碗曾被央视著名主持人誉为中国咖啡的滑溜溜的荞麦粥。那里面，还有一粒粒硬硬的、很有嚼头却叫不上名字的东西。配上味道纯正的扬州榨菜，无论怎么惦记下面的点心，我还是挡不住诱惑，全吃了。

再接下去该是第六道——脆嫩的煎鸡蛋了。那上面浇了一层鲜香的酱油。虽然这是平时在餐馆里常吃到的，但考虑到营养搭配，我还是吃了。

本以为这是最后一道点心了,没想到还有最后一道最经典的、闻名遐迩的鱼汤面。据说那鱼汤,是用猪骨、鸡骨和黄鳝骨熬制的,呈乳白色,味道油而不腻,鲜而不腥。那面条硬硬的很有弹性,嚼起来异常滑溜,别有一番滋味,就像多年不见的老朋友,开始陌生,渐渐熟悉,回味无穷。

与早茶相比,二十多年来改变最多的,倒是那个她了。我从那张从不雕琢的脸上,看出了无处释放的沉重。她这一生,可以为亲人活,为朋友活,为爱人活,可是唯独从不为自己活。每想到她那些林林总总的事,内心就禁不住地疼。

这个世上,有谁能分担她的负重而不仅仅是在心里?当我落下这些文字的时候,越发觉得她就是那二十年不变的早茶,在为惦记她的人奉献了那么多以后,最忽略的是自己。

二十年,我们还有多少个二十年呢!

## 茶到淡处味犹在

阴天。

有惬意的微风吹过,小鸟的叫声不绝于耳。我坐在院子里,为自己泡上一壶上好的普洱茶,思绪便乘风飘到了天外。没有了俗世尘嚣,只有满世界的清爽。

茶壶是在茶馆请朋友喝茶的时候,商家的赠品。一壶一杯,公道杯自然是少不了的,再配上朋友送的袖珍茶海,一个人喝茶的用具,不张扬,却都全了。

茶,是上好的陈年普洱,朋友从香港带回来的,不多,大约50克的样子。

香港不是普洱茶的产地,但香港人精明,像女人一样地会打扮。原本这些山野里的茶,经他们挑选、加工和包装,旧貌变新颜,价格也上去了。当然,喝起来,味道也更好了。眼前的茶,虽然不怎么起眼,但是,光看看茶泡出来的成色,就已经很满足了。

深褐色是刚泡出来的茶汁的颜色,高贵典雅。观察它颜色的透明度,就知道是好茶了。

但凡好的东西,总有不同寻常之处。就比如这茶的颜色,虽然有点深,却不浑浊。它甚至是通透的、明朗的。由此我想到了咖啡,也是这样,越是上好的咖啡,它的透明度就越好,味道自然也越纯正。

再来说说味道。

普洱茶的味道,是以浓为特点的。有段时间喝普洱茶成风,究其原因,是它可以刮去我们体内的油脂,有降血脂、降血压的功效,更有减肥的功效。后来才知道,那样的茶,该是生普。

对于普洱茶,我从不喜欢到偏爱,有一个渐变的过程。直到有一年在一个老师那里喝到存放了三十年的普洱茶，才懂得了普洱茶中蕴含的精髓。真是不喝不知道，喝了吓一跳。

从此，我便好上了这一口。喝普洱茶的好处，也被我慢慢发掘出来。知道了普洱茶有生茶和熟茶之分。生茶是通过自然发酵的，香味醇厚，有清热减肥作用；熟茶则是通过人工发酵，虽然它通气、暖胃、利尿，还疏通肠胃，也是需要有些年份才好，但它是有期限的，不像生普，可以长期存放，而且越陈越香。这样的喜欢，有点像爱上一个人，有点喜不自禁、恋恋不舍。只要有机会，我都会为自己和朋友泡上一杯，喝一口，通体舒畅，深深爱之。

某年，我一个人在云南昆明的街上闲逛，走着走着，就进了路边的一家茶叶店。

店主是个福建人，三十多岁，对普洱茶情有独钟。

我和他，像多年的好友，坐在他的店门口，喝茶聊天，几乎把能想到的茶都聊遍了，自然也把他店里的好茶都品尝了一遍。

末了，我在他店里买了普洱王、陈年普洱、兰贵人和滇红功夫茶，心满意足地离开。

茶真是一种美妙无比的东西，它改变了人和人之间的关系。搭建了人与人之间心灵的桥梁。因为茶，我和一个陌生人一见如故。临走，我还把带去云南送人的西湖龙井茶送了他一罐。

有人说："浓茶品出淡味，红尘进出自如。"这是说茶吗，抑或是说人生？我想，能把茶品到这种境界的人，不是圣贤，也该是个哲学家了吧。不知道作为茶圣的陆羽，有没有这样的感悟？我知道，我是不能对茶圣陆羽妄加猜测的。毕竟，绿茶和普洱茶，有着太多的不同。它们各领风骚，让喝的人各取所爱。但是我想，评判茶的好坏，是可以用"浓茶品出淡味，红尘进出自如"来衡量的。

就拿我眼前的这壶茶来说吧，它已经喝了过半，颜色已经是非常漂亮的琥珀色了，可普洱独有的味道还在，而且渐入佳境。我知道，再喝上几壶，它的颜色会越来越淡，然而它依然通透和明朗，重要的是，它的味道还在，这便是好茶的精髓。我想，这个时候我喝到的，应该是它的茶魂了。

或许，在我年华老去的那一天，也能像眼前的这壶茶一样，茶到淡处味尤在，那该是怎样的一道风景！

## 哪得菩提绿如许

写下这个题目，我最先想到的竟然是茶，菩提和茶有关系吗？我有点奇怪。

是因为我多年失眠，而菩提叶茶恰恰可以助眠吗？抑或因为菩提叶是传说中诸神献给爱神维纳斯的礼物，它迷人的芳香象征着纯洁的爱情？应该是两者兼而有之吧！

一片茶，从种植、生根到发芽，一年时间；从嫩芽到成茶，几个小时；喝它一口，在几秒钟之间；迷上它，则在瞬间。速度之快，很符合当下的世态。

我喝茶，缘于亦师亦友的"茶人"寇先生。

"茶人"不是我叫出来的。多年前，凤凰卫视记者采访寇先生，报道时用了"茶人寇丹"这个题目。想来寇先生"好茶"，早已声名在外。寇先生每每得到好茶，常有分享给朋友的，我等几个姐妹，也曾有幸蹭得茶喝。记忆最深的是"屎茶"，据说是用植物香料喂养的一种虫子（名夜香蛾）拉出来的屎。芝麻粒样的褐色茶粒，泡出来的茶汤，是金黄色的，喝一口，那个香，竟然无法用一个恰当的词来表达。所以，称寇先生为"茶人"，当是合适的。

寇先生曾经自称"草寇"，这样的随性，是埋在骨子里的性情，不是什么人都有的。时光流逝，寇先生研茶、讲茶，当然也喝茶，喝着喝着，他把自己喝成了"一片茶叶"。"我是一片茶叶，随你泡来随你喝。"这是他谈笑间常常挂在嘴上的口头禅。我在想，此时的寇先生，内心的狂野和外表的随和兼而有之，是茶的境界。

大凡女人都贪恋"美色"，我爱绿茶，正是爱它的秀美和轻柔。几片绿色的叶子，在清水中翻滚，怎么看，都像是舞蹈的精灵。喝一口，满嘴是淡淡的香、微微的甜，喝出的，是江南人的细腻，还有对"茶圣"陆羽的一片深情。除紫笋茶外，我偏爱安吉白茶，不仅氨基酸多，还清凉解毒，抗辐射。打开电脑，一杯茶，袅

袅水汽,伴着茶香翩翩起舞,一口入喉,那个美啊,也是醉了。

前些天,有幸认识了一位"90后"僧人作家释悟澹。23岁的他,睿智谦和,颇有些仙风道骨。跟他聊天,感觉是在听一位长者说人生。后来看到百度上的介绍,才知道,他是一位知名的网络作家,20岁出头就出了本名为《缠中禅》的书。他说,书写完出版,他的心意也定了,他是把自己写进了佛门。他出家后,修行、喝茶、研究茶,写了很多美文,特别是他以佛家理论诠释《红楼梦》里的人物,在多如牛毛的红学专著里,温润如玉的文字、新颖独特的观点,一一读来,怎一个"包容"了得。这种升华到人生的包容心,解除了多少人的烦恼啊!

那天,我们一边喝茶,一边说茶。他的一些见解,在我听来,简直是哲学。他还说到了茶对于水的意义,让我想起了日本人曾经做过的一个实验:把两杯水各放进冰箱,对一杯水不闻不问,对一杯水天天赞扬和感谢,一周后,那杯不闻不问的水,浑浊了,而那杯天天被赞扬和感谢的水,依然清澈。可见,意念的力量有多大。

其实,生命原本由水而来,人类对水的敬意,是不容忽视的。一杯茶如此,人生又何尝不是如此呢?

释悟澹把一杯茶比作一对师徒,水是师父,茶是徒弟,"没有水的灌溉,何来茶的悠远?没有泡茶人的默默无闻,何来品茶人的升华?尽管世风如此,师父却一如昨天,默默无闻地灌溉,那触动内心深处的大道至简,尽管繁华上演得不能落幕,他都能做到如如不动地将这份信仰的家业发扬光大,将这份禅茶的真理灌输给我们,打开我们的心扉,让这杯水的纯净,感应着我们包容的心灵"。这样的境界,远非我等俗人可及。

一壶茶,几个人,绿茶、红茶、普洱茶、黑茶、岩茶、花茶,你泡、我泡、大家泡。这时候,茶是迷药,喝的人,都清醒地醉了,就像有时候喝酒,醉酒了,人却是清醒的。于是乎,工作的、身体的、精神的压力,膨胀如气球,一触即破,是茶,化解了那一腔的怨气。那样的友情,没有茶,何以为媒?我等俗人喝茶,境界如此,虽然有些功利,毕竟身心舒坦。

某年,我在电视台做一档有关"茶文化"的谈话类节目,请的嘉宾,都是当地知名的茶文化专家。他们谈起茶,那个激动,让我不得不闯入拍摄现场,请求暂停,然后请他们轻点,再轻点。现在想来,那是他们于茶的"激情燃烧"。记得那年因为做节目,茶文化协会的领导还邀请我加入茶文化协会。我答,我就喝茶了,研究的事,烦劳各位专家。一句话,十几年了,茶也喝了那么多年,喝出了当年的轻狂。

如今,依然喝茶,三五好友,一杯茶,几句话,谈笑间,人生百态、世态炎凉,都在杯间流淌。慢慢地,朋友来了,慢慢地,朋友走了,但因为有了茶,来的开心,走的也快乐。

湖州人很骄傲,唐代就产好茶。紫笋茶成为贡茶,在民间也是口口相传。但是,茶是用来喝的,离不开水的冲泡,更离不开那个泡茶的人。喝茶的人越多，茶的价值越高，正是物尽所用。

如释悟澹师父所说，一壶茶的好坏，是由水来成就的，那么，一口茶的味道，是由心来决定的。明白了这个道理，我们大可对水起一份恭敬心，从而对由水而来的一切，存一份感恩。写到这里，我突然想起南怀瑾的一句话："真正的修行是遇见你自己。"

的确，如果我们学习水的精神，只想着浇灌，不思回报，当我们端起那杯茶，不思功利，仅仅是喝茶的时候，就会喝出一个不一样的自己。到那时，一片茶叶能成就的，就是一颗菩提心。

## 温泉之魅

温泉之魅，是慢慢迷上的。

曾经，去黄山疗养的时候，就已经跟温泉有过亲密接触了。只是那时候刚爬了十多个小时的山，人已经筋疲力尽了。当导游告诉我们可以在温泉游泳池游泳，也可以洗温泉澡的时候，我选择的是洗澡。因为没有泡的感觉，所以就没把它算在泡温泉的经历之中。

真正开始泡温泉，是在云南的曲靖。那地方温泉特别多，价格从豪华到一般，可供自由选择。我们当时去的是一个很一般的温泉旅馆。一个房间180元，可以泡温泉，也可以游泳，还免费住宿。一个房间住两个人，算下来每个人只要90元。

来不及长大就老了

我当时对温泉还没什么感觉。对介绍中所说的"水里硫黄成分多,可以润滑皮肤和杀菌",尚有自己的想法。觉得那么多人泡在一起,谁知道有没有患传染病或皮肤病的,还不如在房间里洗个温泉澡,也能达到润肤和杀菌的目的嘛。故而,那次一起去的朋友都去游泳和泡温泉了,我也没有动心。

之后回忆起来,只记得皮肤的滑溜了。

真正爱上温泉,是在江西九江。那分布在山中的各种温泉,犹如大山的眼睛,镶嵌在风景优美的山间。置身于山间温泉之中,仿佛天地间只有我自己。我们从这个池跳到那个池,体验了泡在当归、人参、老姜等中药的温泉中的感觉,又去玫瑰花、薰衣草的池子里嬉戏,第一次感受到泡在温泉里,犹如在母亲怀抱中的感觉,怎一个"好"字了得。

后来去西藏,在羊八井泡温泉,却又是另一番景象。远处是寂静的雪山和冰川,近处是蓝色背景下的腾腾白雾。体验到了在四十几度的水温下,皮肤的毛孔张开,吸收天地灵气的舒坦。我闭着眼睛想象在飘舞的大雪中泡温泉的浪漫,一时间竟然迷失了自我。

从那以后,我对温泉有了格外的青睐。每到一个地方,最先问的是,有没有温泉?

最难忘的是在云南腾冲泡温泉。那是在火山公园里的温泉。开始泡以前,先参观了各种各样的温泉。比如,冒着腾腾热气的珍珠泉、像滚水一样直冒气泡的沸泉、像旺火烧煮下满锅沸腾的大滚锅等。这里甚至可以在景点买些鸡蛋放在温泉里煮熟了品尝，还可以请人帮你就着温泉做足底按摩。等你把这些景点都看过了，也享受过了，就可去泡温泉了。等你泡够了，也休息好了，还有一个大滚锅让你免费品尝。我开始以为这个大滚锅就是所谓的火锅，端上来才知道，那是每人一大碗的过桥米线。刚端上来的时候，是名副其实的大滚锅，锅里的水还沸腾着。有一大盘的米线和其他火锅材料。选择自己爱吃的放进锅里，不到半分钟，里面的东西就熟了。

当然，这样的温泉，门票价格会相对贵一点，但也在游人能承受的范围之内。

我在云南昆明泡温泉，完全是因为如此这般的泡温泉上了瘾。温泉位于昆明世纪城，属于世纪金源大饭店。酒店离昆明市中心十多公里。因为位置偏僻，虽是五星级大饭店，除了旅游团和会议，来的人也不多。我去泡温泉的时候，正值周六，人相对多一点。这个五星级大饭店，泡一次温泉只要88元，价格也在能承受的范围内。住宿的旅客，还要更优惠，只要50元。我想，这个温泉若是在闹市区，价格应该远远在88元之上。

那天下午，弟弟他们去景点玩，我就独自去泡温泉。和其他温泉旅馆一样，里面也有各种各样的中药温泉，比其他地方还多了灵芝泉、沙泉、泡泡泉和地板热浴。温度从三十度到四十多度不等，可以随意挑选喜欢的温泉池，让皮肤在里面做扩张和收缩运动。累了，可以去休息室喝免费提供的普洱茶，看电视。休息好了，再去泡。饿了，有免费的自助餐或纯正的蒙自菊花过桥米线。我选择了过桥米线。这碗有着粉色猪肉、白色豆腐片、绿色蔬菜、黄色桂花、乳白色菊花瓣、鹌鹑蛋和香料的过桥米线，色泽鲜亮，味道鲜美。特别是那桂花瓣，香脆中带着微甜，令人胃口大开。像小锅一样的一大碗，除了汤，竟然被我吃得丁点不剩。过后回忆起来，还意犹未尽。的确，从泡到吃再到休闲，温泉给我的感觉是通体舒畅，怎一个"爽"字了得！

在云南泡温泉，那真是极致的享受，建议去云南的朋友千万不要错过。如果你想省钱，可以下午去，先泡温泉，晚上在休息室过夜，连住宿费都省了。

## 暗恋一朵花

有人说，高山上的湖水，是上天洒落在地球表面上的一滴眼泪。那么，是不是上天的泪水，成就了泸沽湖呢？

我不知道，因为我刚嗅到泸沽湖甜美的味道，就被湖里生长的一种植物——"水性杨花"迷惑了。

这是一种什么样的尤物啊！细长的茎从水底伸上来，在水面绽放出白色妖艳的花朵。那白的纯粹和透明，脆生生的让人怜爱。为我们划船的摩挲族小伙子扎西说："这种花只为太阳开放，且一生

只开放一次，当太阳落山以后，花也凋谢了。"我的心莫名其妙地一沉，听出了他语气里的无可奈何花落去。

我看到花的时候正是傍晚，太阳已经在远方了。霞光里的"水性杨花"，瘦长的叶片已经收拢，如沉睡般躺在湖面，随着湖水轻轻摇晃，有完成使命后的淡定。

此时的泸沽湖是明净的，水面上有丝丝缥缈的雾气。只有扎西划船的桨声，在一下一下有规律地响着。

"像流水那样易变，像杨花那样轻飘，比喻妇女作风轻浮，感情不专一。"这是字典里对"水性杨花"的解释。

不知道为什么，当我听说了这花的名字以后，内心就一直很纠结。我不明白，这种由上天之水孕育的花朵，为什么执着地只为太阳绽放，而且一生只灿烂一次？早知道生命如此短暂，为什么就不能尽情地开放，一次又一次？它不知道绽放是很有意义的吗？

我很想问扎西："水性杨花"这种只为太阳开放的秉性和泸沽湖摩挲儿女的"走婚"习俗有关系吗？和摩挲儿女选择爱情的方式有关系吗？我终于没有问出口。因为我听扎西说摩挲人的爱情像泸沽湖的水一样清澈。他们至今保留着原始母系社会大家庭制男不婚女不嫁的"阿夏婚"风俗，他们没有古圣先贤留下的清规戒律，不奢求不属于自己的一切，不做金钱、物质和权力的奴隶。他们按照自己的质朴本性，遵循自己心儿的指引选择自己的爱人，在这块神奇的土地上无忧无虑地劳动、生活，在秀美的山光水色中最大限度地展示自己淳朴的本色。

"只为爱情走到一起"和"只为太阳开放"是何其地相似？这大概也是泸沽湖神奇的女儿国最典型的特征了吧？在水中自由生长，在水面阳光绽放。生得坚强，开得热烈，走得安详，义无反顾。还有什么比"水性杨花"更圣洁的呢？

我为自己对这朵花的暗恋找到了理由。

## 邻家灯光

多年前，因为拆迁，我家搬到了一个老旧的居民区，那是被一些人称为"下只角"的地方。

刚刚搬来的时候，我很不习惯，那些不分场合的高声喊叫和俗不可耐的玩笑，那些斤斤计较、事事为先的小市民习气，让我实在不能适应，并有一种鹤立鸡群的感觉。而母亲却在搬到那儿的第一天就喜欢上了那儿。方便的购物环境和喧闹的人群，使年老的母亲找到了似曾相识的归属感。

母亲的童年是凄苦的，幼年时父母双亡，兄弟姐妹众多，十多岁便挑起了生活的重担。记忆中的母亲，每个月的月底都要借贷，发了工资再还，月底再借。这让我们从小就知道了我们家老缺钱。那时的母亲为着柴米油盐忧心，因为孩子们吃饭是她唯一也是最重

要的一件事。我们所住居民区的杂乱和平民化,正好迎合了母亲的怀旧情结,使一向不善交际的母亲如鱼儿得水般地欣喜和从容。没几天,母亲就和邻居打成了一片,并和邻家的老太太混得很熟。

那时的我总是很忙,回家的时间总要在晚上十点以后。因为没有路灯,家门口的那一段路总是漆黑一片。奇怪的是,每当我回到家门口的一刹那,总有邻家的灯光从窗户中挤出。在寒冷的冬夜,那一块小小的、暗淡的橘红色散发着的光芒,是温暖的,照亮了我疲惫的心。而当我开锁进门后,就有邻家关灯的嘀嗒声传来。这样的巧合,在我晚归的日子里重复发生,即使我再迟钝,也不能不有所领悟。

为了证实自己的感觉,在后来晚归的一天,我回家时有意放轻了脚步。无奈静静的黑夜锁不住些许声响,所以,当我开门的时候,邻家的灯光又嘀嗒一声响起,这一声嘀嗒,如惊雷般震动我的心。难道这就是我所不齿的俗人?他们的平凡和对生活的耐受力,他们面对艰辛的那份坦然,他们的善良和对生活的热爱,难道就成了我所不齿的依据?

一直以来,我总是觉得人在总体上是没有高低贵贱之分的,只要精神健康,谁都可以高尚。正因为如此,才有了鲁迅笔下那个感人的三轮车夫。我的父母同样来自生活的最底层,他们含辛茹苦地抚养我们长大,用他们的一言一行教会了我怎样去做人。而我在生活环境稍有好转时,为什么就自以为是,看不起平民百姓?这难道是我吗？与邻家的老太太相比，谁更高尚些呢？

感谢邻家的老太太！感谢她在黑暗中给我送来的光明。那光明，不仅照亮了我回家的夜晚，也照亮了我今后的人生，净化了我的心灵。

## 小木头

小木头是我北京新东安商场买的一个娃娃。它是个漂亮的外国"男孩"。

可能是见惯了中国的孩子，对国外的孩子，总是有着一份格外的喜欢。那蓝蓝的、透明的眼睛，高高的鼻梁，以及眨巴眨巴的长睫毛，让你看了就是止不住地喜欢，如果那白白的小脸上，再配有星星点点的雀斑，那可真是绝了。

可惜，我买的是北京的外国娃娃，是按照中国人的审美习惯设计的，所以，就没有了我喜欢的星星点点。但是，小木头还是让我在见到它的那一刻，一见钟情了。

也算是有缘吧，前一天晚上，我已经让失眠搞得头昏脑涨，看到小木头的那一刻，我就知道，治疗失眠的药引子就是他了。

说来也不怕人笑话。前一天晚上，我一个人住宾馆。这是常有的事，但通常有其他的同事或朋友也在同一家宾馆。可这次不同，

就是我一个人。那真的是破天荒的第一次。

晚上，朋友有事走了，我也收拾完自己早早躺在床上看书。手头上的那本书，是女作家徐小斌的《我的视觉生活》。

我认识这位具有传奇色彩的女作家，看她的书，更带了一点个人情绪上的喜欢，对她的长篇小说《羽蛇》，更是格外欣赏。因此，只要是她的东西，便全盘接受。我看着书，思维也沉浸到《羽蛇》那充满鬼魅的氛围之中，慢慢地就睡着了。

也不知过了多长时间，我突然在一阵冷飕飕的感觉中惊醒怎么也难以入睡。感觉身背后空空旷旷的，什么也没有，又似乎什么都有。在心神不宁之中，恐惧一阵阵袭来，睡意全无。

拿起书，看不进，不看书，睡不着，仿佛周围都是不可知的黑暗。

想起以前也有这样的经历。

那是在家里，也是睡不着，脑海里老是一位故世朋友躺在殡仪馆的形象。当时先生出差在外，家里就我和妈妈两个人。我很害怕，又不忍心打搅妈妈的睡眠。只有晚上打个车，到同事的家里去对付了一夜。

可眼下我在北京的宾馆，又是一个人，举目无亲。

有心让朋友来陪我，这么深的夜，北京已经很寒冷了，好不容易鼓起勇气给朋友发了信息，可是一个朋友无应答，一个朋友则回信："我在陪客人，不方便走开。"我从头冷到脚。

无奈,我只好把所有能亮的灯都点亮,这样熬到了天亮。等早上七点,北京的天亮了以后,我关上所有的灯光,拉上窗帘,再安安心心补了一觉。

所以,当我看到小木头的那一刻,真是激动万分。我知道,晚上有了这个小小的男子汉,我就什么也不怕了。

把小木头抱在怀里,我喜悦无比,差一点就热泪盈眶了。

想到小时候,仅有的一个娃娃,也不知道为什么就不见了。总以为是丢在家里的某个角落了。特别是老房子的地板,总是这儿一条缝、那里一个洞的,就认定了娃娃一定是掉在了地板的洞里。

为了找这个娃娃,小小年纪的我使尽全身力气,竟然把家里的梳妆台都搬了起来。结果,娃娃没找到,却把梳妆台上的红灯牌收音机给砸了下来。

这可是我们家唯一值钱的东西啊,是我爸爸唯一继承来的遗产啊。

等我再使尽力气把收音机搬回到原来的地方后,发现收音机上表示长短波刻度的有机玻璃给砸到里面去了,所幸没有影响收音的功能。

自那一次的惊吓以后,我就断了要一个漂亮娃娃的念头。

其实,现实也打破了我的念头。随着弟弟、妹妹的出生,家里的负担越来越重,温饱已经成了问题,买一个漂亮的娃娃就成了奢望。

当然，童年的我们也有自己的娃娃，那是我们自己用妈妈剩下的边角料，自己缝制的娃娃。也有用小手绢做成的娃娃，那是一种变化的娃娃，我的童年，就是伴随着这种自制的娃娃中长大的。

这个娃娃，是我第一次为自己买的一个娃娃。因为太喜欢，就亲昵地称他为小木头。

当我千里迢迢地带到家里，本以为妈妈一定会笑话我。毕竟，连我儿子都已经过了玩娃娃的年龄。所以，我从包里拿出的那一刻，装模作样地有点羞答答。

可家里人仿佛都商量好的，谁也不说好或者坏，好像它就是我们家的一个出远门的亲人，到了该回家的时候。

娃娃就放在沙发上，两个小脚丫跷在外面，连脚底的小皱纹都清晰可见，煞是可爱。

想到这么可爱的孩子，大冷天还光着小脚丫，我心中便有十分的不忍，寻思着到单位后，找一个才生过孩子的同事，家里准有多余的小袜子，要一双来，给小木头穿上，它就不会觉得冷了。

谁知，那天我下班回家，看到小木头已经穿上了薄绒的鞋子。这才想到，前几天看妈妈在缝什么东西，还以为妈妈在缝制她的钱包，却原来是在给小木头做鞋呢！

现在的小木头，俨然家里的一个成员。它不哭不闹，随你怎么摆布，它都一如既往地注视着你，一副天真烂漫的样子，眼睛纯净得让你不由得不爱它。

我知道,在这个竞争激烈的社会,什么样的人都有,什么样的事都会发生,什么样的"犹大"也会存在。可是,这个世界总有一个干净的角落,总有一个不会出卖你的人,而这个人,或许就是小木头了!

# 原 色

是柔软雪花下的
青草、花朵、岩石和泥土,
一盏心灯照耀下的性情。
哪怕是疼痛,也不想消失。

来不及长大就老了

## 肆意葵花多任性

谁没有年轻过呢?

那些知青岁月里,葵花般向着太阳奔去的肆意姿态,以及被任性灼伤的痕迹,统统被打包成记忆,压缩、沉睡,直到某一天,被时光打开,慢慢苏醒的疼痛和后悔,连始作俑者,都不忍心否认,这就是青春。

那些年,我们既挥霍青春,又历经煎熬;既有对扎根土地的热望,又对未来迷茫,可谓矛盾重重,无以言表。最深切的感受是,偶尔回到城里,感觉脚下的土地,都是陌生的。对于生于斯长于斯的城里人来说,我成了异乡客。四十多年后的相聚,物是人非,很多人都不认识了,有的即便认识,也都叫不出名字了,但亲切、自然、家人般的温暖,依然拥抱着我。它们像亲情,已然植入我的生命,生根开花。聚会上,有人错将我认作朱金玲,这让我突然想起曾经在宣传队里教我们跳舞的朱老师。那年,她也快三十多了吧,漂亮、活泼、舞姿优美。宣传队里有几个跟她同年龄的男知青,已经在农村结婚生子,真正落户,成了上门女婿。她很认真地问他们,后不后悔?男知青答,后悔有用吗?无奈的他们,几乎都是一声长叹。

原色

我应该感谢朱老师,当年要不是她,说不定我就骑虎难下了。

原来,下乡不久,正遇公社成立宣传队,我得知本大队有两个人参加,而两者中没有我。我的第一个感觉是奇怪。从我上学起,小学、初中到高中毕业,"宣传队"这个词就一直伴随我。最重要的是,临下乡的前几个月,我的母校湖州中学,还把我们抽去文训班排练节目,名曰培训,其实是为参加"三大革命"做准备。基于这个原因,我自然不甘心被落下,连夜写了要求参加宣传队、发挥特长的申请。

我记得那时天天出工劳动,根本没机会去公社递交申请,于是,我把申请书放在口袋里去田间劳动,期待有公社领导经过我们田间劳动的时候(这是常有的事)交给领导。我运气好,第二天,公社王书记下乡,正经过我劳动的地方。我跑上田埂,把申请书交给了王书记。

后来宣传队来通知排练,我们大队由两个人变成了三个人,也就多了个我。我至今记得,到了宣传队的第一天,排练的时候,王书记过来问朱老师:"她(指我)跳得怎么样?"朱老师答:"很好。"

这件事,不知道朱金铃老师还记得否,于我而言,这是铭心刻骨的。现在想起,那时候太好表现自己了,换作今天的我,打死都不会这样做。或许,年轻就是任性。当然,任性的不仅是这件事。

因为参加了宣传队,不仅是排练,还要全公社巡演。演出,是拿工分的快乐事,谁都屁颠颠地乐意,我自然不例外。记得我参加的主要节目是双人舞和女声二重唱,已经够忙的了。其时,宣传队里有个知青,担任报幕员。她小巧白净,长得水灵,但她报幕的时候,就是紧张,一紧张,报幕效果就出不来。老师们一再说,一再教,可她越来越紧张,越紧张就越报不好。我看了也着急,立马示范,果然,老师果断决定让我报幕。行啊,我一来劲,又揽下了报幕的活,根本没顾及这位知青的感受。现在回忆,那时候真是荒唐、自私、好表现。似乎整个宣传队,没有我不能的。比如,我还自以为是地为宣传队的演员化妆,每次演出之前,很多演员排了队等我化妆,搞得后来连自己化妆都来不及。这样的事,想起来,很多很多。

我们现在说有钱任性,其实,我们年轻时代何尝不任性呢?似乎不犯点错,就不难以成熟。

后来,那位漂亮的知青考上医校,成了一名优秀的医生。每每相见,她都真心相待,热心相助,越是这样,我的愧疚越深,却只能在心里暗暗忏悔,直到今天。

而教我们跳舞的朱老师后来回城,一直当老师,依然跳舞,舞姿轻盈,像飞燕。我曾看到她跟女儿在舞台上的双人舞,那么优美,当年也是湖州一绝,如果我没记错,她的舞蹈该跳到了国门之外。没想到,今天的聚会,她也来了,展现的,却是她的歌喉。一曲《父亲的草原母亲的河》，唱得酣畅淋漓，让在场的知青惊艳不已。可见，艺术是相通的。

世间不仅男人好色，女人见到漂亮的女人，也不由心生欢喜。朱老师漂亮有魅力，如我这般女流也喜欢。趁她空闲时，赶紧拉来合影，借她骄傲一回。原来，年纪大了，也是可以任性的。

## 邂逅他乡的你

2014年7月8日，酝酿已久的新疆之旅，以我独自踏上旅途成行。

一个人踏上旅途总有许多理由。人生的很多选择是艰难的，只有一个理由是可信的，那就是自己的心。"心会告诉我们方向"，这是一首歌里唱的。我知道，在那个遥远的地方，有一颗心，也在祈盼。这是一颗心跟另一颗心的相约。

其实，一个人的旅途，不见得是坏事，生活中很多不经意的事，在路上会开出花、结出果来。所以，才有了古时的徐霞客、当代的余纯顺。

仔细想想，人从一出生，就好像在路上，一眨眼，就得回头看，一回头，就成了历史。前几天，看到朋友微信上的一幅动画，只短短几秒钟，就把人的一生，从生到死，演绎了一遍。看似滑稽，想想，事实何尝不是如此？我想起朋友曾经说过的一句话：

"我们还有什么快乐可以放弃？"说这句话的人，目前正在跟病魔抗争，她说："能不能赢，我不能保证，但我会努力。"当我看着她拖了病体，今天赶去拍荷花、听雨，明天去郊外的阳光下喝茶，问她累不累？她答："我不想错过生活中的这些美好。"这些话，是一个过来人的经验，是经历过生死的切身感悟。

我们这一代人，出生在祖国最困难的"三年困难时期"，经历了"文革"和"上山下乡"，好多人后来又下岗、失业。我们错过的东西太多，尤其是岁月和青春，当我们还来不及感受青春的美好，风霜已然刻在了脸上，所谓来不及长大就变老。的确，当我们今天可以有自己的选择，还有什么理由错过生活中的这些美好呢？

从上海到乌鲁木齐，有超过五个小时的飞行。我翻开随身携带的《小说选刊》，池莉的小说《爱恨情仇》印入眼帘。我看着一个叫顾命大的女人的命运，突然发现，生活从来就是上苍给你安排好了的。不管你愿不愿意，生活总是在前方等着你。顾命大生来就是一个悖论，她的确够命大，贫穷和苦难都不能消灭她，反让她的到来，成了抢家人饭碗的一张嘴。父母和家人因此恨她的存在，几次三番让她死，可她总是死不了。死不了的她因此活在家人的厌恶和仇恨里。她活得没有质量，没有尊严，她的苦难，正如滔滔江水，源源不尽。按理，她是最应该去死的，用佛教的话说，她是最应该"离苦得乐"的那个人，可命运就是不成全她。当然，她最后还是死了，她是自己把自己消灭了。顾命大的命运让我唏嘘，也让我知道，只要你不放弃，别人就不能消灭你。

坐在我身边的一个维吾尔族小伙，四个小时都在瞌睡。醒来后他问我，在飞机上有见过飞机飞行吗？我抬起头，看到了云层里，飞机如小鸟一样贴着云彩，玩具一样飞行。还真的是第一次见到。激动之余，我大张旗鼓地从行李箱里拿出相机，请小伙子帮我拍下了那一刻的画面。云彩里的飞机之于顾命大，是世界的这头和那边，亦真亦幻。

从乌鲁木齐转道阿克苏的飞机上，我旁边坐的是一个年轻的姑娘，我记得当时正在看手机，一声"对不起，请让一下"，把我从手机屏幕拉回到现实。我赶紧站起来。她说，不用，只需把杯子挪一下即可。我这才发现自己带的水杯放在脚下的过道上，让她无从下脚。应该是我抱歉的事，倒让她道歉，很是歉意。坐下后，她问我："你不是新疆人？"

"我看起来像新疆人吗？"我说。

她对我轻轻一笑，说："维吾尔族人很好的，你别听他们乱说。"

我告诉她，我若信，就不来新疆了。

这番对话，仿佛是经过导演的，我不说，她也不讲，但我们都懂。我告诉她："新疆人美啊，我刚下飞机，见机场执勤的一个姑娘，美得令人窒息。"她说："新疆紫外线强，我们黑。"我说："自然美最好。"她突然很仗义地说："在阿克苏有什么事，你打我电话,在阿克苏,我很熟悉,总能帮到你的。"一席话,说得我心里暖暖的。我们素不相识,在"不要和陌生人说话"的今天,遇到这样一位天使般的姑娘,我还能说什么呢?我记住了她的名字——苏小余。

我来新疆之前,被告知新疆不安全,维吾尔族人不友好,他们的眼睛里都是仇恨。亲历了才发现,老百姓就是过日子,吃喝拉撒。所以,平安、友好是大道理。

7月8日真是一个好日子啊。我一出阿克苏机场就下雨了。在那个水比油贵的地方,下雨意味着什么,我不说,你懂的。而来接机的朋友则说,在柯坪遇见雨,就如遇见了贵人。

从阿克苏到柯坪,有两个多小时的车程。一路上,远山和戈壁滩,和着车内新疆优美的歌曲,我的胸腔被填满了丰富而凝重的颜色,它们或红或绿,或黑或蓝,就像男低音唱到了最温柔的部分。在这样的颜色里,我听到我自己的心跳声。这让我想起在西藏的时候,景色虽然迥异,感觉何其相似,那是灵魂可以洗涤的地方。

柯坪县在塔里木盆地的西北边缘,我们沿路奔驶两个多小时,到了进柯坪的一个路口检查站,凡进入柯坪的人和车辆,都要进行例行检查。我这才感到,新疆的骚乱和治安事件,并不是嘴上说说的。朋友说,别看到检查就紧张,其实,柯坪是个很安全的地方,四面环山,只有这一个路口,进出都要检查,很安全。好在很快我就见到了朋友和同事的小平。葡萄架下的她,比原先黑了瘦了。想到她之前在微信里一反常态的轻松和快乐，我就知道，无论是眼见为实还是耳听为虚，那是她安慰亲人和同事的招数。想来，所有的援疆人才，都有这个招数吧！

五千多公里的长途奔波，晚上，坐在宽敞的餐厅里，吃到了传说中最鲜嫩的羊肉，除了那个"好"字，怎么形容都显多余。那天恰好湖州援疆指挥部给几个援疆人才过生日，小平也在之列。异域他乡、亲朋好友、领导同事，一杯酒，几句话，温润如玉。

分别了五个多月，跟小平有说不完的话。一些平时不说的私房话，在异乡，也有了倾诉的愿望。小平是那种工作异常严谨，要求几近完美的人。她援疆前在电视台工作，来新疆不到半年，就开创了柯坪新闻上卫视的先例。我知道，这几个简单的文字，是她对援疆的一个交代。作为媒体人，她自觉担当了对外宣传的重担；作为援疆技术人才，她又参与到被报道的事件中。如我了解的"湖羊远赴新疆'传宗接代'的项目"，她就是积极参与，投身其中。由此，她还被称为"羊奶奶"。她真正践行着"担当大海上的航行者，随时发现不测风云"的记者的责任。就她援疆的事情，我们曾有过讨论，以她这个年龄，去援疆，很多人不理解，而我知道，对于生来就有使命感的小平而言，是没有年龄概念的，何况她在原来的岗位上就做得风生水起，援疆对她而言，就是换了个工作地点。所以，无论是工作还是生活，她都要亲力亲为，事无巨细，面面俱到。我常对她说，你即便是金刚不败之身，也要允许自己工作有失误、对家人的照顾有不周，可她常常把责任揽在自己身上。为此，她会把一些芝麻大的瑕疵看成西瓜大的，必须将其消灭在襁褓之中。可怕的是，她这种超常的敏感，常常是正确的。

每每想到她的这些，我总是感叹命运的玄乎。那天，最富历史意义的是，我们遇到了5.2级地震。如果我没记错，应该是凌晨四点多，我们被门窗的摇晃声惊醒。小平拉着我的手说："地震了，怎么办？要不要跑？跑的话，现在正是时候。"她的手上全是汗，我能感觉她的紧张，但是我竟然若无其事地说："不用，没事。"这种冷静让我害怕。后来听说，小平到柯坪以后，已经经历过数次地震。有次房子剧烈摇晃，大家纷纷跑到楼下，惊慌中，小平来不及穿戴整齐，拿了衣服跑到了楼下。直到地震平息，大家都要回房间的时候，她依然胆战心惊，不肯上楼。我知道，之后的每个晚上，她都要穿戴整齐才睡觉，就为了地震时能随时逃生。这样的一个人，居然被我拦在了逃命的当口，可见我的自私和任性，竟然可以毫不顾忌小平的情绪，置她的生死于不顾。今天想来，实在不是我的性格，为什么？这是为什么？

我想起1976年，也是地震，某天晚上，警报响起，大家纷纷往搭建的地震棚跑去，只有我在夜色里继续在我的灶头洗碗。这样的漠然因为什么，至今无解。

1984年5月21日深夜，楼房摇晃，也是地震，大家纷纷往外跑，我却巴不得立马死去，因为那天，我最亲爱的父亲病故了。我清晰地记得,想去陪伴爸爸的心,在那一刻惊喜地狂跳起来。

这一次,是我经历的第三次地震。我那种态度,朋友说是因为"沉沦于美,在接近天堂的地方,无惧生死"。只有我知道,那是源于我跟时间的一个和解。当你经历了生死,经历了莫名的伤痛,时间像一剂药,给了你修复的可能。当你对伤痛挥挥手,道一声珍重的时候,你能够感谢的,除了时间,还能是什么呢?你除了跟时间和解,还能做什么呢?

想起2005年7月,我带着一身无可名状的疼痛,去了西藏。我以为去了西藏,就无憾了,甚至可以去死了。

西藏的阳光和空气、西藏的宁静、西藏的空灵,让我飘忽无定的心有了着落。从西藏回来,我去医院,医生修复了我的病体,"天上的西藏"修复了我的心灵。

我还想起在尼泊尔的加德满都郊外的一个寺庙,看到了尼泊尔人送别亲人的仪式,才真正感到,生命的本质,就是一个"无"字。当我们"无我"的时候,生活是如此轻松,生命是如此纯净。

那是一个午后,在加德满都5公里处的印度教寺庙帕苏帕提拿寺,我站在桥头,看巴格马蒂河从寺院东侧外流过,河水缓缓。据说,那水是流向恒河的,它们最终将流向印度洋。在尼泊尔人心中,巴格马蒂河的神圣,就如同恒河之于印度人。他们在这条河里沐浴、祭祷、火葬,由生到死。

朋友都去看风景了,而我选择了留下来看尼泊尔人的葬礼。

巴格马蒂河边的河坛上,堆放着高高的木头,旁边是一个竹编的担架,上面躺着用黄布和鲜花覆盖的死者。偶尔吹过的风,掀起黄布的一角。我惊奇地发现,死者真如赤条条来时的样子,什么都不穿。家人围着遗体走了几圈之后,由儿子点燃柴堆。火焰熊熊燃烧,浓烟滚滚而起,不多久,烧成灰烬后被水冲入河里,逐流而去。

那一刻,我感觉生命如此奇妙,它由水而来,向水而去,我们真的是"水的孩子"啊。在这里,人们无论贫富贵贱,巴格马蒂河都会将他们送到神圣的恒河,让他们的灵魂得到救赎与解脱。尼泊尔人民相信,以巴格马蒂河为界,天堂在水的那边,人间在这边,终有一天,亲人们会在天堂重逢。

小平,对不起了!他乡遇见,危难之中你手心里的汗,会滋润你我今世的友情。如果有来生,我期盼还能遇见你。

## 其实素素很美

朋友素素有许多名字,素兰、素娘、从简都叫过,但我喜欢叫她素素,因为,那像极了她的个性。一个朴素自然、本色清纯的女孩儿。

来不及长大就老了

认识素素的时候，是我生命中最暗淡的日子。那时的她在我们这个城市的一个部队医院服役，是个正值花季的女兵。

那年，我爸爸肝癌晚期住进了那家医院，这是一种被当时的医学判了死刑，很快就要执行的病。那样的日子，我的整个世界都是灰蒙蒙的，如雾霾缠身，挥之不去。素素正好是那个病区的护士，她让我在那片灰暗中看到一丝光亮。我想，就是那一丝光亮，成就了我和她之间相识、相知。

20世纪80年代的女兵，是我们这些寻常百姓眼中的天之骄子，素素自然也在其中。只是她和那些如花的女兵相比，更多了一份天使般的温柔和善良。爸爸住的病房在传染病区，那是个让大家都望而却步的地方。至今，我还能感觉那个病房里弥漫的死亡气息。只有当素素出现的时候，病人和陪护的亲属们才会感觉到希望和欣慰。

病房里常有五六个病人，那些病人到了癌症晚期，疼痛难忍，会挣扎着大喊大叫；或是进入昏迷状态，死神时刻伴随着左右。病房里那痛苦和恐怖的情景，总会使那些年轻的女孩子恐惧、畏缩，服务也会显得简单潦草，而饱受病痛折磨的病人自然更加烦躁。只有素素，总是不厌其烦地在病人的身边忙碌。她那善良的面容上没有丝毫的畏惧和怨烦。

常有一些慢性肝病患者，几年病生下来，家里已经一贫如洗，总是没等治疗结束，就要提前出院。一张账单下来，夫妻俩就看着那个数字抱头痛哭。旁观的人，也只能默默地陪着落泪。这时，素素总是主动提出帮他们去查查账，看有没有搞错的地方，然后再一一给他们解释，帮他们想着省钱的法子。她说："我能帮他们做的，也就这些了。"

那时候，我一边上班，一边还要去医院陪爸爸，有时候正逢爸爸身边没有人，总是素素帮着照顾爸爸。端屎端尿，让病中的爸爸倍觉温暖。

后来，爸爸在医院里去世了，而我和素素的友谊却在我最暗淡的日子里建立起来了。

再后来，素素转业回到了家乡泰州，在一家医院的院长办公室工作。我曾带着儿子去看望过她。那时候的素素，已经是当地小有名气的作家，陆陆续续地发表了很多小说和散文，还帮着杂志写专栏，周围总有几个崇拜者追随，还跟医院一个年轻医生在谈恋爱。她的神情是热烈的，但凡有什么好吃的，她总是第一个考虑我和她的男朋友。当时我就感觉，这个女孩子完了，她完全忘掉了自己，竟然不懂得照顾自己。

几年前，我去扬州采访，她得知后，赶过来把我接到她的家乡。

那次，我发现她虽然已经像模像样地出了一本书，有了很多人向往的成就，可她自然、淳朴、大大咧咧的作风一如从前。她不修边幅，大热天顶着烈日，也不肯戴个遮阳帽。我给她准备了防晒霜，她随便抹几把，我一离开，就弃之一边。每每看她洗脸，我都会纳闷她是不是女人,就那么把水捧在手里往脸上泼,完事后,连最起码的护肤品都懒得往脸上抹。

她告诉我,她已经调到一家报社工作。她那个曾经的恋人早已结婚生子,而她还是孤身一人。她贷款买了一套独门独院的公寓房。房子还没有交付使用,她便带我去欣赏。素素指着三楼那个顶层的房间告诉我:"这是你的房间!"这让我的心突然为之一震,我知道,这是素素为我心灵构筑的一个地方。

我要走了,她执意要送我两盆盆景,一盆是榕树,一盆是榆树。我怕路途遥远不好拿,其实也是不好意思夺人之爱。她说:"这盆景其实很贱的,但生命力却强。它们代表了我这个人,你看到它们,就看到我了。"说得那么真诚、悲切,一下就抓住了我那根脆弱的神经,不带走的理由都没啦。

今年国庆节,她负责的一个版面正好停刊一周,给了她一个机会可以赶来看我。10月1日那天,我去接她,在夜幕差不多已经降临的公路边,我看到飘然而至的她,皮肤依然黑黑的,精神却很饱满。她像男人一样敞着怀,右手中指和食指还夹着一支未抽完的香烟,风尘仆仆,我心里一阵苦笑:这样子,哪像一个待嫁的姑娘?

其实素素很漂亮,她大眼睛,圆圆脸,高高的鼻梁。无论你用什么眼光去看,她都是属于传统美女的一类。和当初那个娃娃脸的花季女兵相比,如今的素素,脸上多了几分沧桑。疏于修饰的脸上,皮肤暗淡而且干燥,使她笑起来时,聚起明显的鱼尾纹。见到我，她什么话也没有说，一个劲地笑，两眼眯成了一条线，那种无瑕又一次出现在我面前。这一刻，我熟悉的素素又回来了。

这次她在我家住了四天，为她开好的宾馆她不去住，就和我一起住在家里。她陪我妈妈聊天，和我妈妈一起拾掇家务。我妈妈耳背，我们跟她说话，都要大声喊出来，有时候怕麻烦，不到万不得已，我们都不去打扰妈妈。这样说，是为自己开脱，其实是怕和妈妈说话。素素知道后，对我说："老人辛苦了一辈子，能享福时间很有限，你可别到了时候想要孝敬老人，却没了机会哦！"她还告诉我，她搬家以后，家里还没有买空调和冰箱。一天，她们家来了很多亲戚朋友，她妈妈就煮面条给客人们吃。当时，端到桌上的面条里，面汤上漂浮着一层黑黑的东西。开始，大家以为是饭锅上的焦灰，后来仔细一看，竟是一层烫死的蚂蚁，大家都没吃。只有她，忍着恶心把面条吃了下去。

这就是素素。她贷款买的房子，现在成了一个中转站，亲朋好友和乡里乡亲，只要需要，她的家从来都是来者不拒。她不仅帮他们办事，还要免费提供吃住。她姐姐家里负担重，她想办法给姐姐在小区找了个保洁员的工作。她不仅为姐姐提供食宿，还几乎每天晚上都帮助姐姐把捡来的废品运出小区。以她在当地作家的名望，竟然帮着姐姐去卖废品，这中间似乎很难画上等号。而我却觉得，这才是素素，一个本色的女人。

素素就是这样一个人，我不知道可以用什么字来形容她，在我看来，所有华丽的辞藻和赞美用在她那儿，都会显得贫乏。前些日子，我看到一篇从网上下载的散文，虽然说的是散文写作，但那上面的几句话，拿来像公式一样地往素素身上一套，竟然有些像克隆出来的素素。

"真正的写作便是不合时宜的写作，散文最终应体现出人性的亮度与人心的光泽。"

其实，做人的根本，何尝不是这样的呢？当人们麻醉在一种思维禁锢中的时候，就会对同样是心灵产物的偏激之光进行取舍。这光，尽管有时很微弱，可还是被心地少些遮盖的人们发现了。从此，拒绝平庸、拒绝造作，还心灵以本来面目就多了些机会。

本色的素素，就是这样以她自然的方式，体现她人生的亮度与心灵的光泽，并与华丽修饰无关。

## 另类老人

几天前，我们单位里资格最老、级别最低的一个老干部故世了，这个老人享年95岁。我们在为其开的追悼会上被告知，他的长寿，源于他良好的心态。对于他的丧事，人们都称其是"白喜事"，因而争相参加的人不少。活到这个份上，也算是他老人家的造化了。

"1939年5月参加革命,同年10月加入中国共产党",这是我们在他的追悼会上听到的、由单位领导代表组织所致的悼词。其实,他参加革命的时间还要更早些,因为其中有两个多月他干了些什么有那么点说不清道不明的味道,所以,他参加革命的时间就被推迟了一些。我们把这理解成组织的爱护。

据说,当年的他,为了填饱肚子,独自从乡下来到城里参加革命。而他的命运,也缘于他为了改变他一穷二白的命运。

1938年的中国,革命如火如荼,一大批有志的青年都投身到革命中去,他自然也在其中。只是他参加革命的目的更明确些:为了填饱空空如也的肚子。所以,当他听到参加革命可以"吃饱穿暖"的许诺后,便毫不犹豫地投身其中。谁知道天有不测风云,带队的革命者还没有把这些年轻人送进革命的队伍,自己的革命意志就松垮了,不知跑到哪里发财去了,留下当年那些血气方刚的年轻人在那儿发呆。好在老人当年写得一手好字,让一家国民党的报馆招去干了两个月的文员。就是这短短的两个月,让老人在后来的历次运动中理不直气不壮。其实,这两个月,是老人看到《大公报》招募员工,就以一手漂亮的书法作为敲门砖,进了报馆,当了一名校对员。如果老人的脑子能同现代人一样,哪怕有一丁点儿的急转弯儿,那两个月,在他四十年的革命生涯中又算得了什么?偏偏老人是个极其认真的人,他非要他的履历是清清白白的,于是,一板一眼地写下了全过程。就是这清清白白的两个月,让他的人生旅途几乎不明不白了一辈子。

应该说，组织对他是负责的，为了证实他的清白，没少外调，甚至动用了反证的方法。据说，当年唯一能证明他清白的，是他的入党介绍人，可那人偏偏故世了。于是，那两个月，就成了老人革命生涯中的一个死结，怎么也解不开。后来，还是组织通过查阅那家国民党报馆的原始资料，根据上面国民党员的名单，排除了他是国民党员的嫌疑，才终于还了老人一个清白的名声。

如果仅此而已，对他的仕途也不会有多大的影响，顶多也是级别少一两级而已。偏偏老人天生是个情种，在他的山东婆姨给他留下两个孩子，撒手人寰以后，他的革命意志刹那间动摇了一下。当一个南方美女飘然而至的时候，当年的老人挺着革命者的腰板，以一个美男子的姿态对其展开了热烈的追求。其结局可想而知，南方美女倒在了一个北方汉子的怀里。据说，当年的这个美女，就是倒在"这个山东男人倒不像山东男人那样邋遢"的一句话里。即便以我们今天的眼光看，这样的倒法也实在不怎么样，难不成这个男人就不是山东汉子了？事实证明，这个山东汉子，确实有点另类。当组织让他在江山和美女之间做选择的时候，他竟然很没志气地选择了美女。从而，成就了一段关于江山美人的佳话。当然，当年的这个美女也曾对这个应该邋遢而不邋遢的山东汉子有过那么一丝丝的怨恨。当她知道这个让她另眼相看的美男子在山东不仅有过老婆，还有两个女儿时，一切都已成定局，她的肚子高高挺起，一粒南北杂交的优秀种子，已经深深地根植于她的生命之中。这个生命，就是老人在南方的爱情结晶之一——一个"两耳不闻窗外事，一心只读圣贤书"的大学教师。

我们在设想，或许，就是这么两件事，使老人永远地笼罩在小资的阴影之中，他的政治生命，也由此走到了尽头。这个曾经给市级领导当过秘书的山东秀才在离休的时候，只是我们这个小城市里的一个广播站站长，一个小得不能再小的离休干部。

晚年的他心态平和，待人宽厚，除了谆谆教诲他的孩子诚实做人，努力学习之外，平时就在家挥毫泼墨。他的书法作品，曾获得全省老年书法比赛的一等奖。

老人一生从文，他的孩子继承了他的强项，在文字上都有所建树，成了我们当地小有名气的作家。而他，则是我们单位里一个最忠诚的共产党员。当然，他在做这一切的时候，是诚惶诚恐的，认真而又执着。他非常固执地认为，他为党做得太少，而党却给了他很多，所以，他唯一能做的，就是尽量不给党添麻烦。

每年，组织都有慰问，到了他那，总是"我很好，真的很好，什么都不需要"。相反，对于多数人不屑一顾的交纳党费一事，他总是那么积极认真，没有一次不是第一个交齐的。近年来，他行动不便，不大出门，党费都是我代交的，弄得我们书记产生了我是党员的错觉。

这就是一个普通的共产党员，一个无论是生活还是工作，我都要崇敬的老一辈新闻工作者。此刻，他姓什么叫什么已经不那么重要了，重要的是，这位"另类老人"将永远活在我们的心里！

## 你生命中本该华彩的乐章

小路要回家了,回到她已经离开了二十多年的家,她的老家。

当年,她出来当兵的时候,还那么年轻,才十五岁的年纪。好不容易从乡下来到城市,内心必定是义无反顾的吧?所以这样说,并不是我有什么先知先觉,而是基于小路的性格。她的个性,就像她的长相,秀丽而有棱角。那个时候的她,写得一手好诗和文章,也该算个文学青年吧!

别看小路长得娇小,个性却异常刚强,是那种眼里容不得半粒沙子的人,当然就更不能容忍丁点的龌龊。和大多数从农村出来的姑娘一样,小路很自觉地把家人当成了她的责任。在外飘荡的岁月里,她陆续地把母亲、姐姐家的孩子接来了,再后来,还把弟弟一家也接来了。

可是,她如今要回去了,在离开了二十多年以后,真正意义上的回家。她此后的隶属关系,是当地的干休所。她将在那里拿她的第一份退休工资,在那里享受公费医疗。确实早了些,如果我没有记错,她今年刚满四十岁。

小路服役的地方在我的家乡湖州,离她的家乡江苏南通不远。江南的富庶和美丽,对于一个出门在外的女孩子来说,有着诸多的吸引力。她在这里经历了人生当中第一场轰轰烈烈的恋爱，无疾而终。我想象那个时候的她，爱情的伤痛和身处异乡的孤独，使她那么殷切地渴望依靠，她需要一个可以避风的港湾。

在别人的撮合下，她和家乡的一个男人结婚了。然而，在她的孩子出生不久后，很不幸，她发现了丈夫的外遇。其实，那个男人在结婚以前，就勾搭上了那个比他年岁大的女人。感情的挫折和产后的忧郁，给她带来了致命的伤害，她的精神几乎崩溃了。她在电话里跟我哭诉。一个劲地说，那个男人要杀她，她整晚整晚地不敢睡觉，生怕一觉以后永远不能醒来。当我心急火燎地赶到她的家乡南通，发现我能做的，就是赶紧把她接回服役的单位治病。

后来小路一直在自己的部队医院治病，而我在干什么呢？我想起那个时候是疏远她了，原因是先生告诉我，小路给他写了信，一是向他借钱；二是告诉他，我在小路的领导面前说了她的坏话，她感到受伤害了，让我到她的领导面前去澄清。我很奇怪，照小路的个性，不会轻易向人借钱的，更不可能越过我向我的先生去借。而且，我又怎么可能在她的领导面前说她坏话呢？我甚至连她领导的面都没见过。可是，我又绝对相信先生是不可能骗我的。我唯有伤心：小路，你跟我这么好的朋友，有什么话不可以直接对我说而要向我的先生告状？我感受到了来自好朋友的伤害。于是，我逃避了，选择跟小路疏远。

几个月后的一天，小路的同事告诉我，小路病得很重，那天晚

上她要值班，没法陪小路。我这才知道，这几个月小路一直病着。等我赶到医院，发现小路已经完全不对劲了。我不知道她年轻的心究竟经历了怎样的煎熬。她把她认为脏的东西统统都扔了，包括她的电视机。在我陪她的晚上，她起来上厕所穿鞋那么一小会儿，也要用餐巾纸擦擦鞋。

那天，我在医院陪了她一个晚上。第二天，她就让单位送到部队的专业医院治疗。

直到那个时候，我才知道小路向我的先生告状的真实原因。她已经疯了，我又怎么忍心怪她呢？

如果事情仅仅如此，那就没有人间戏剧了。

如今，小路的孩子该十五岁了。按正常程序走，她起码也该是部队的正团级军官了——这是指部队文职干部的虚职，是按资历该享受的级别，可是她现在仅仅是一个病退人员。当然，和普通的退休人员比，她的工资要高些，待遇也要好些。她的档案将被放在干休所，有公费医疗，每年还有一次免费的旅游。她说，这次回到家乡，是想彻底地休息了。三千多元的退休工资，她平时花一半，另一半留到年底，用来旅游。这样算下来，她每年还可以有两次的机会出去旅游。说着这些时的小路，语气和白开水一样淡而无味。这种滋味我熟悉，是经历了暴风骤雨后的平静，是死而后生的淡漠。我知道所有的一切都已经成为过去，可是我的心，为什么依然会疼痛？

在小路离开的前几天晚上，我和她坐在一家精美的饭店吃晚饭，无论我还是她，都是那么平静。我们曾经有说不完的话，似乎在十多年前的岁月里已经说完了。看着她淡淡的笑容，我感觉比哭还难受。我惊诧于自己的平静，竟连一句带有感情的话都说不出来。她呢，也是这样，不问她，几乎没有什么话。我笑，自己也感觉乏味，显然，我的心已经不听从自己的召唤了。

我问她，东西准备好了没有？搬家的车安排了吗？她告诉我，到了家乡，会暂时住在姐姐家。家里已经很久不住人了，要重新装修。我问她，回去会给自己买房子吗？她回答，她的血压很高也很顽固，要服三种药才能控制。我们俩有一搭没一搭地聊着，零零星星的，串不起一段完整的对话。问她想吃什么，她说这几天上火，只要不是火锅，其他什么都可以。

于是，我要了一个干锅鱼头、一份西芹黑木耳、一份茶树菇，还有每人一份的木瓜炖雪蛤，外加一份精美的点心和水果。我们吃得既干净又文雅，既精致又美味。席间，我把自己很喜欢的一块玉如意给了小路，说是留个纪念。她说："那我没什么东西给你，太不好意思了。"我告诉她，有我给她的就行了。我很想说："希望你以后戴着它，还能想着曾经有我这样一个朋友。"可是我到底没说那些话，只是对她说，以后到了家乡，给我来个电话，告诉联系方式，她一一答应。

回去的路上，她在汽车里对我说："你冤枉我了！"声音轻得几乎听不见。可是，这声音在我心里产生了巨大的碰撞声。我一时间语塞,不知道对她说什么。沉默了一会儿,我告诉她,无论什么事,我都没有怪她。但她还是坚持说我冤枉她了。我心里怦怦跳:难道是先生当年骗了我?不可能啊,他没有必要骗我的。毕竟我和小路做朋友没有妨碍他什么。于是,我就把当年有关举报信的事都告诉了她。她说,她从来没有给我先生写过任何信。"任何"两个字她用的是重音。她说,如果那信还在,可以对一下笔迹的。

那么,真是先生骗我了?他为什么要骗我?我纳闷了。小路则肯定地说,应该不会,很有可能是她的前夫写的。她说,那个时候她给前夫单位的领导写了信,所以他就报复了,其用意就是离间我和她的友谊。

天哪!这是怎样的一种报复啊!十多年前的那场婚变,那个男人用一封莫须有的信就把一个优秀的女人给毁了。恶毒的离间、肉麻的表演,我回忆起他当年装得是那么的无辜,原来那一切的背后是一把利剑。我当年要是有现在这样的心智,可以肯定地告诉小路,什么都不用说,把这件事交给律师,告他和那个女人破坏军婚,那才叫吃不了兜着走。可是我做了什么?就那么不明不白地疏远了她。如果不是小路要回家了,她是断不会告诉我这些的。那么,这个误会,连同我们的友情也会被我们带进各自的坟墓。

这个世界怎么有这样恶毒的男人?

十多年以后的今天,当我想到当年小路同事告诉我,小路被骗进那家专业医院时,眼前浮现的是一个女人拉着车门,哭着怎么也不肯进医院的情景,不禁热泪盈眶。我惭愧于自己会那么傻?为什么不动脑筋想想,这么好的朋友有没有可能反咬我一口?为什么不跟先生要来那封信看看?那么一个小小的动作,就可以轻松地粉碎那个男人的阴谋。可是我就这么愚蠢地相信了那个骗局,错过了小路有可能避免的那场灾难。还自以为很大度地说什么没有怪她,内心里早就原谅了她。真是愚蠢至极、可怜至极!

再过几天,小路就要回去了。她说,这次回去,她要去看看儿子,到学校去看!十五年了,她还没有见过自己的儿子。她的前夫,那个卑鄙的小人,无情地斩断了她和儿子的联系,剥夺了她作为母亲的权利。

那是怎样的一个小人?怎么可以连自己孩子的母爱都要剥夺?简直是不可理喻。而我,又是一个什么样的朋友?如果当时问一下小路,甚至责问她,至少小路还有解释的机会,她就不会那么绝望吧!她说:"我和你比亲姐妹还好,你怎么就不能问问我?"

是啊,我为什么不问问她?有什么东西阻碍了我吗?她倾心热爱并视之依靠的爱人,是个小人,背叛和伤害她;而她最信任的朋友又抛弃了她。这种打击下的小路,焉能不疯?想到这些,我悲愤交加。我的木讷和无知,以及所谓的"傻白甜",让我间接地做了一个卑鄙小人的帮凶,把朋友毁了,也把友情毁了。

小路,我要怎么做才能挽回你生命中本该华彩的乐章呢?

## 做你永远的粉丝

如果你问我,同学中谁最优秀?我会毫不犹豫地告诉你,是"邱童鞋"。

"邱童鞋"是我高中时的同学。她五官端正,只是皮肤稍显黑一些。重要的是,她是我们七五届高三(4)班的班长。记住她是因为她的声音,阴柔而富有弹性。有一年,老师请她读文章,她把"熟悉"(shúxī)读成"shóuxī"。感觉很新鲜也很好听。从此不仅记住了她,也把她当成了楷模,跟着念。

后来到了电视台工作,常听播音员谈起普通话里多音字的念法,才知道,这个"shóu",只有在指任什么东西成熟的时候才这样念,比如"西瓜熟了""谷子熟了"。

跟"邱童鞋"接触多,是因为有一年班主任俞一卿老师别出心裁地要排一个魔术表演的节目,请的是班里的一个男生表演,让我和"邱童鞋"当助手。我感觉当时俞老师请我们两个当助手是出于我们两个人在长相上有许多相似之处。比如我们都是大眼睛,圆脸庞。都属于那种不漂亮但有点可爱的类型。

魔术表演的效果如何已经不记得了。我们两个当助手的,像机器人一样地在舞台上走来走去。那次表演最大的收获,是知道了在我们看来神秘莫测的魔术表演，离开了道具，将无法呈现。而我和"邱童鞋"却因为这次的合作表演，成了闺蜜般的同学。

我从托儿所开始接触同学，到后来的高中、技校、大专、本科，无论是专职学习还是业余读书，接触的同学无数，真没有比"邱童鞋"更出色、更聪明的同学了。

那个时候，我们常常在课余时间抄她的作业，特别是数学和物理这些我们女生很害怕的学科，对她来讲，就像毛毛雨，小得不能再小的事。她由此被同学誉为数学家。后来我们毕业已久，教我们数学的祝老师还在课堂上对她赞扬有加。

有一天，因为一句什么话呛住了，我和她有了误会，自此互不理睬。后来，还是她给我写了一封言辞恳切的信，把我感动得当时就流了泪。我们和好如初的时候，她邀我去她家复习功课。

那是一个寒冷的冬天，到了她家，人差不多已经冻僵了。她给我泡了一杯热腾腾的糖水。

平时我最讨厌吃甜食，可是那天的糖水喝下去，整个人就缓过来了。才知道，食欲的好坏是随着需要改变的。"邱童鞋"的父母不在本地，平时她在读好书以外，还要照顾自己。

晚上复习完功课，我们一起去看电影。临走时，她还不忘多带一件衣服。我很疑惑，但并没有问她为什么。当电影结束，我们又走进寒夜的时候，她把那件衣服披在我身上。那一次，我突然发

现,她的智慧并不仅仅表现在学习上。

我在家里是老大,习惯于照顾弟弟妹妹,除了父母,还没有人这样周到、体贴地照顾过我。所以,我对"邱童鞋"的举动感动万分,牢记于心。这个细节就此留在我的生命中,再难忘记。我知道,那件衣服的余温,将温暖我一辈子了。

后来我下乡了,她顶替母亲进了医院工作。1977年恢复高考,她以高分考取了南京铁道医学院。再后来,她毕业分配进了广西柳州铁道医院。

大概十年前,她作为人才引进,到了上海浦东公立医院,当了这个医院的心内科主任,成了专门给心脏做搭桥手术的专家。

有一年我去上海看她,给她带了一些本地产的珍珠护肤品。她就问我:"是不是我皮肤特别不好,你才给我送化妆品?"我笑着纠正她:"不是化妆品而是护肤品。你做手术,经常接触到X光射线,对皮肤伤害很大。珍珠护肤品可以保护你的皮肤。就当为家乡的产品做个广告吧。"

"邱童鞋"一直是最优秀的,她从读书到走上工作岗位,一直是我心中的楷模。可惜我这个人不善于表达,一直没有告诉她这些。只是在内心里希望着她不要再这么辛苦,有时间多回家乡休息。

有一天,我告诉她,真希望我们能够安静地坐在黄昏的余晖里,叙叙旧。她说,那一天会来到的,等她不当主任的时候。

我渴望着有一天，我们坐在摇椅里，讲讲小时候的故事。在她稍显疲惫的时候，我能为她轻轻地披上一条毯子，把岁月的风寒阻挡在我们的生活之外，那该是怎样的一种美景。

然而，感情的变化是多么奇妙啊，它总是那样不可预测。当2015年10月，我们在母校四十周年同学会见面的时候，我和她心照不宣地选择了沉默，让曾经的温暖，深埋心底。其时，她已经退休，受聘于另一家医院看专家门诊，而我主要的工作是照看家里的老人和孩子。偶尔，我开车路过母校，想起曾经青涩的学生时代，只有微微一笑。

## 三十年之后

接到出版社寄来的《无一诗集》，是在一个暑日的午后。炎热中有清凉的风吹过，天格外晴好。《无一诗集》精致纤巧，一如作者本人。

之前，在无依的博客里读过她的很多诗，再次读来，依然震惊。读她的诗，不是那种肝肠寸断的感动。它们似有一种内敛的力量，推着你，让你不由自主地进入状态，泪如雨下，又像决堤的洪水，堵，是妄想。

认识无依于十年前在嘉兴的一次采访。她赶来见她的老师。

而我们是在嘉兴采访首次获得茅盾文学奖的作家王旭烽。那时的无依，给人的印象是胆怯的邻家女孩，乡土中有些秀气，是村里的那个姑娘"小芳"。

一别十多年。期间听过她的很多传闻，感觉已经是个非常了得的"80后"女作家。

再见无依，是在南郊的千年古刹栖贤寺，猛一见，竟没认出她来。经住持介绍，才和我熟悉的名字对上号。她看起来比实际年龄大，抽烟，听说还喝酒，肆无忌惮地说笑。那种坦然，让人惊奇。

或许是缘分，跟她就这么毫无来由地熟悉并热乎起来。她的老练和心机、才华和品性，一直让我迷惑。我们之间不能用"代沟"这个词，简直是两个世界。特别是在人生观和世界观方面，简直是两重天。痴长她两轮的我，常常被她吐槽。她最经典的话是："你怎么还像个老古董？连我的孩子都知道，我最爱的是他们的爸爸，可这不妨碍我交男朋友。"天哪，这就是她所谓的"爱情"理论！她让我怀疑，究竟我们俩谁年长？

接触时间越长，我就越不能忍受她的自以为是和个人膨胀，特别是对她那句"家，对于我来讲，是个一出生就要离开的地方"很不以为然。我觉得作为一个女儿，这样来说养育了自己的家，是间接地对父母不敬，是不厚道的。更何况，她现在还把女儿扔给了父母管。对于我来说，家是港湾，父母是给予我生命的人，不管他们对我怎么样，他们都是我的天。

观念的不同,明显影响了我和无依之间的交流。我只存留着对她聪明的惊叹,对她语言驾驭能力的佩服。她的确让我惊为天才。但我又想,你是天才与我何干?观念上的驴唇不对马嘴,是永远不能走到一起的。我还是远远地欣赏吧。

终于有一天,我和无依之间爆发了激烈的争吵。我被她激怒了,实在不能理解她怎么会如此荒谬。你跟她说A,她回答你B,让你总是无语。"80后"作家也不是就只认识她,却没有像她那样的,一时怒从心头起,便不管三七二十一,什么重话都扔了过去,用她的话说,砖头棍棒都使上了,怎么解恨怎么说。说完了这些话的我,有出了一口恶气的舒畅。

几天后,我接她的短信,告诉我,她梦里来看我,我们抱头痛哭。真的,那一刻,我内心的柔软被点燃了。想想,茫茫人海中的相遇多不容易,尽管在某些观念上我们是背道而驰的,我也知道,我不可能改变她,她更不可能改变我,但我们是不是可以求同存异呢?

而她,似乎更珍惜这种情谊。说起来,以我们的年龄差距,我可以做她的长辈,但是,在写作上,她是我的老师。我佩服她在文字上的天分,她那句"别人写作用笔,我写作用命"常常令我动容。这种拼命精神,永远是我等爱好级的人物所不能及的。而对于人生,她似乎有着比我更成熟的认识。说实话,她的心智远远超出了她的同龄人,而她的经历,似乎比我们这个年龄段的人更丰富。

和她一起，我无法妄自为大。

这次，手捧着她的新诗集，一页页地翻着，内心已然湿湿的，熟悉的感觉又来了。应该是在栖贤寺吧，一帮朋友聚在一起，听朋友朗诵她的新诗，也是这样的感觉，眼泪不争气地就流了下来。一首好诗就是这样，似乎在语言和韵律之外，力量会破门而入，直入心底，揪着你的魂，让你欲罢不能。正如一位作家评论无依的诗："活着还有诗可作，何必拿诗为活着？"意思是，她的诗已在活着之外，就像一条行游云中的鱼。

我三十多年前写过几首小诗，三十年之后几乎和诗绝缘了，偶尔为之写几首，都是应邀而作。因此，对于诗，实在说不出更多的所以然来，还是引用朋友的话吧："无依的诗之好，三十年后才会被三十亿人所知，而那时她如果活着，已是一头白发。"听来有点预言家的味道，那么，就让我们期待三十年之后吧！前提是，那时候我们还活着。

## 不想消失的疼痛

触摸心中的忧伤，是年轻时常常泛上来的烦恼。或许不是刻意的，但有时候忧伤就这样不请自来。所以那个时候看歌德的《少年维特之烦恼》，莫名其妙地就能找到共鸣。

这是多么久远的情怀啊！

岁月流逝，生活磨砺，我们的心，渐渐木讷，待我们平淡到没有忧伤了，它却突然蹦出来，不知从哪个角落。

或许，是某一次亲人给你盖被子，你会想起，在那些没有空调甚至没有电风扇的年代里，是爸爸用蒲扇为你送凉，直到你进入梦乡。

也或许是时间。深秋过了，初冬来了，树叶黄了。树叶飘落，像一缕缕金色的阳光洒在地上。北风萧萧，我们的肌肤有了对温暖的渴求。这样的季节，喝一口香浓的普洱茶，看着树叶一片一片缓缓地飘落，会勾起不尽的思绪，想念一个人或者一件事。爸爸就这样不期而至地浮现在我的眼前。

我无法想象七十多年前的今天，也是这样的阳光，一个叫王永春的小学生，我的爸爸，他坐着黄包车去上学的情景。他会有什么样的感觉？在那个无忧无虑的年龄，除了快乐，还会有什么呢？这是在不同的时空。

只有一次，是我在技校读书的时候，谈到我在学校所学的日语，没想到父亲也会一点。他说小时候学过，然后他很自豪地告诉了我一个日语单词"他拔古"（音，香烟的意思）。那一刻的父亲，脸上洋溢着少年般的欢快，还有自豪。

很可惜，二十多年前爸爸即将离开人世的时候，我没有想到

问问他，那些无忧无虑的童年里，曾经有过怎样的快乐。我年轻的心，无法预想在没有爸爸的日子里，追寻他的足迹会需要这些内容去填充。所以，所有对于爸爸的回忆，都定格在那些沉重的岁月里而没有半点青春年少的快乐。比如，爸爸在轮船上风餐露宿的生活，比如他节俭到每餐只用萝卜、青菜就饭，而把最好的河鳗、白虾带回来给我们吃。而那些即使在今天也是上好的菜，对于当时的爸爸，该是多么沉重的负担？如果我能联想，早该知道，为了改善我们的生活，爸爸才会在每次上岸休息的时候，都去批发冰棍来卖。他瘦小的肩膀上，被冰棍箱背带勒进的深深凹印，成了我如今想到爸爸的一座凄婉的雕像。这样的艰苦，与小时候爸爸养尊处优的生活是多么残酷的对比。而能让爸爸承受这些苦难的原因，简单到仅仅因为他是个父亲。

20世纪60年代，爸爸回过一次老家，带回了一台红灯牌收音机。那算是当时我们家里最值钱的东西了。后来才知道，那是爸爸回老家处理遗产得到的唯一收获。其实，爸爸小时候，家境是殷实的，生活是富裕的，只因为双亲早早过世，家产莫名其妙地没有了。爸爸活着的时候从没有说起过这些，但我们从他之后再也不愿回家乡这一点分析，那个老家，应该是爸爸的一块伤心之地。

在我儿时的记忆里，只有一个叫发胜（谐音）的伯伯来看过我们，那就是我的节日了。因为他一来，我总能骑在他的肩头上去看电影。发胜伯伯是爸爸的发小、儿时的玩伴，每次来，都会给我们带来些油票。那个年代,对于我们这些靠每人每月四两菜油配给的城里人来说,真是雪中送炭。如今也不知道发胜伯伯还在不在人世,更不知道怎么去报答他当年的关爱。

爸爸的苦难源自过早的家道中落。他小小年纪就备尝世态炎凉,不到十四岁便出门学做生意,做的却是最苦的一个行当——撑船,由此埋下了要他命的病根。我能想象,家乡在他内心刻下了不堪回首的屈辱和痛苦,脆弱得不敢触动,只好深埋心底,至死不说。当我说到爸爸的家乡在南浔,可是他却再也回不去了的时候,眼泪不争气地盈满眼眶。我努力地将眼泪压回眼眶,就像把眼前的那一口陈年普洱咽下去。

爸爸,失去你,我很疼,是切入肌肤的疼,但我不想让这些疼痛消失。因为,我想你。

## 照不见的悲伤

得到噩耗是2013年的大年初五,朋友发来的信息:"照光师父往生了。"我的心像猛地被撞了一下,是沉重的钝痛。想起前阵子他约我们去喝茶,说庙里种了很多菜,让去拿些回来,总比烂在田里强。我知道他是客气,想让我们吃点新鲜的蔬菜,于是去了。

那是一个冬天的午后,阳光已经没什么力气了,照不出暖意。

我们在他的房间里喝茶，聊天，见他精神比前几次都好，大大松了一口气。他跟我们说庙里的未来，要建什么什么的，我都记不起了。唯一能想起来的，是庙里的围墙又要建了。虽然觉得他病着不应该这样地操劳，但看到他的状态，心里还是很宽慰。想来，只要好好养着，便能慢慢恢复，以前那个说话很好听，总能为我们带来快乐的照光师父又回来了。

那天，我们心情大好，院子里的蜡梅花开得正旺，暗香阵阵，我们在树下拍照，变着花样做媚态。如今翻出那些照片，突然发现那天的样子，却是从没有过的怪异。想起在他房间里泡茶，我竟然一点都不在状态。先是把他刚泡上的茶倒了，因为我一点喝不出茶的味道，以为是喝过的淡茶，没味了。照光师父告诉我，这是刚泡上的茶。接着是我重新泡出来的茶依然是淡得不知何物，却被告知是"大红袍"。我的天，味觉哪去了？接着就更离谱了。不是茶杯掉，就是水倒在别处，后来干脆把冷水倒进了茶杯。朋友笑我心不在焉，我也奇怪自己怎么会这样。那天，我们的汽车装了一后备箱的新鲜蔬菜。回来的路上，我们还聊起他的病情，都以为他终于躲过了一劫，为他高兴。想不到，那是跟他的最后一次见面。

其实，得知他的病情已经很久了，却回避着不敢去看他，是为不敢面对他的病容及不堪。我怕自己不争气的眼泪难隐心中的悲伤。朋友说："他二姐二姐地叫了你那么些年，人么，总得讲点良心。"我知道这和良心无关，但是，朋友的话给了我勇气。就这样，我和朋友一起去看了他。他明显消瘦了，但精神尚可。还可以泡茶给我们喝。慢慢地，我接受了他的生病，觉得也没有那么难。只希望小心呵护着，他能渡过难关。

想起刚认识他时，我们跟友人去郊外参加一个茶事活动，他是那次活动的一个表演者，给我们表演茶道。他跟我们聊起了栖贤寺，还让我们跟着他去栖贤寺，在破旧的大殿后面，踩着卧佛殿吱吱作响的楼梯，上了二楼，在走廊喝茶聊天。那天，我们知道他是重庆人，佛学院毕业的，到湖州来不久，到栖贤寺的时间不长。就这样，我们正式认识了栖贤寺的住持——照光师父。

我们跟他认识于偶然，相交于必然。只是因了在他面前的那分自在。不知从什么时候开始，他依着我们的年龄，大姐、二姐、三姐地叫，这一叫，栖贤寺就变成了我们姐妹家外的一个家。每隔一段时间，我们总会约上朋友，去他的庙里喝茶。然后是大吃他那里美味的素斋。而他，总会拿出好茶招待我们，临走还要送一些，甚至还有他从家乡带来的腐乳、咸菜，他真的把我们当成亲人了。

有一年冬天，我们在他那里围着炭炉喝茶，谈起很多的人、很多的事。他总是不自觉地要为别人分忧，其热心程度，让我们感到他更像个"攻关"先生，好像还跟他开过类似的玩笑。曾经有一天，朋友朗诵"80后"女作家写的一首诗，念到"那个叫二姐的人啊，为什么早早地出了家"时，我们的眼泪，再也忍不住了。那样的下午，心总是被包裹得暖暖的。

有一年，我们还在他的庙里过公历年。我们烧火，煮饺子，吃饺子，撞钟，现在想起来，是多么快乐。回来的路上，大雪在车前飞舞，车内的人，心被炭火烤得暖融融的。这样的情景，会让整个冬天都沐浴在温暖里。到后来，我们在他面前，可以无话不说，甚至毫无顾忌地大笑。最过分的一次，谈到高兴处，其中一个朋友竟然在照光师父的背上狠狠地拍了一下。等我们发现此等行为的造次，他也只是轻轻一笑。也有朋友问我："你去庙里到底求个啥？""喝茶啊！"我答。的确，在照光师父那里喝茶，可以喝出心境来。这样的心境，和物质、功利无关，喝的是简单和纯粹。我不知道这是不是喝茶的境界。

噢，不能想了，不能想了。我的心，为什么这么疼？好难过，好难过。想起初四晚十点多，已经睡下的我，毫无来由地清醒，翻来覆去地睡不着，无奈只好起床找安眠药，却发现在外度假的我，带的是感冒药。于是，一夜无眠。

我人在千里之外，原本到家，得晚上十一点了。朋友提醒我，过了晚十二点，是"三朝"了，按当地风俗，若今天不去，明天就不能去了。仿佛上天怜惜我，那天我们两次航班都提前（航班提前很少见），我们到家还不到晚上十点。从机场回来的路上，就跟朋友约好，一到家，即刻去看照光师父最后一眼。

晚上十一点左右，我们一行五人，连夜奔到殡仪馆。

他就那样静静地躺在那里，像睡着的婴儿。朋友悲伤地哭起来，我却发现自己哭不出来，心好像被麻醉了，没有感觉。我该悲痛欲绝的，可是我没有。我不知道为什么会那样。想起之前跟朋友聊起照光师父的病情，我在电话里都忍不住哭，可是，他现在无声无息地躺在面前，我却欲哭无泪。还能很冷静地跟他的二弟谈他的病情，谈他的福报，谈他还没有完成的、正在做的事，谈他往生五分钟后，他所住的杭州某医院突然断电二十多分钟。这是在省级医院，不是乡镇，医院断电是千载难逢的事，为什么偏偏是在他往生的时候？照光师父，您能告诉我们吗？

初六，我突然发现手机里有照光师父发来的信息："照光大师于2013年2月13日（正月初四）22点20分舍报往生，现已移尊湖州市殡仪馆五号馆，定于正月初六13点火化，灵堂设在栖贤寺，望有时间者来吊唁。"看到这里，我一时恍惚，悲伤汹涌而来，眼泪怎么也忍不住。我边流泪，边给这条信息回了信息：

照光师父，您看不见这些文字，也听不到我的心痛，但我相信，有些人走了，灵魂在。您就是那个谁也拿不走灵魂的人。所以这些话，您该听得见，您二姐二姐地叫了那么多年，如今您去西方了，我却选择了在心里跟您道别，去西方的路上，您可要走好，顺利到达佛陀世界。而我，有您的灵魂相伴，是件多么快乐的事啊！

信息发出，我心里顿时轻松了大半。

是的，照光师父，您走了，您未竟的弘法利生事业，定会有人继续的，一定！

## 所有对她的念想，是手机里的一串数字

2009年9月21日是个斜风飘雨的日子。秋姗姗来迟，不露痕迹地有了凉意。我正在办公室搞卫生，接到同学电话，告知蔡同学已于上周五晚上故世，心里不免沉重。她这一辈子不容易，年轻轻就为病魔所困，她虽然坚强，与之斗争了三十多年，末了，还是败下阵来，被病魔夺去了生命。

上周五，我们几个老同学在家里聊天，说到了她的病痛，以及无法挽救的绝望，却没想到，在我们聊到她的那一刻，却是她离开我们的那一时。据说她最后一次住院时，癌细胞已经转移到骨头里，疼痛的时候，吗啡也不太管用。种种活着的苦难，她坚强地忍受着。

前段时间，我们在茶室见过面。那次，她是想找病友聊聊中药的功效以及使用过程中的注意事项。隔了三十多年再次见到她，美丽的容颜依稀可见。只是因为化疗，头发掉了很多，脸呈现出一种病态的胖。她说话的声音清脆，底气却不够，所以有些飘。当她说到某次碰到三十多年前给她看病的医生，医生居然说了句："你怎么还活着？"我听得冷汗直冒，她却说得轻描淡写。我以为，医生在其生涯中，接触的病患无数，之所以在三十多年后依然能认得

她,一定是她当年漂亮的外貌和病情的凶险形成了巨大的冲击。

的确,她是很漂亮的,可以归属到班花、校花之类。我们从小都住在衣裳街的河边,她的家就在骆驼桥下。那时候我和她还有另外一个同学好得像一个人似的,常常在放学后结伴去人民公园玩。我们谈理想,谈对未来的种种美好的打算,常常乐不思归。特别是我,因为回家晚,为赶时间,越急着生炉子做饭,炉子就越是生不着,为此,我常常挨母亲的骂,却屡教不改。记得有一次,她竟然从树上掉下来,摔坏了胳膊。第二天,她手臂挂在纱布来上学,我们心里都很害怕,她倒来安慰我们:"只是骨裂了,没有断,没关系。"

这是我的同学蔡亚锦。她对生的乐观和她的外表一样让人难以忘怀。

我想起,20世纪70年代,我和她再次相遇于湖州中学,我们虽在同一个学校读书,却形同陌人,彼此都感到了时光的一去不复返。直到听说她患了重病,要开刀,也没觉得有什么不对劲。她被诊断患了重病,开刀,住院,在上海一个人挤公交车去医院做化疗。那时候的她,根本没有意识到,死神已经张开了血盆大口。她年轻的生命里充满了活力,潜意识里,死是一件多么遥远的事。或许,正是她的乐观和坚强,为她换来了三十多年的生命。而我和她的友谊,则像人生长卷里的留白,有了一处三十多年的空白。

再次听到她的消息,大概是五月份,得知她又住院了,癌症晚期,已经转移了。家里人该想的办法都想了,治愈的希望却几乎为零。那些天,我总是一次又一次地想到我们小时候,三个无忧无虑的小姑娘,我们曾经那么友好,而今,我却在刚得到她的消息时又失去了她。

生命何其脆弱。如今我想起同学蔡亚锦,只知道她是个漂亮的女人,她的模样却怎么也想不起了。我所有对于她的念想,就是手机里的一串数字,那还是不久以前才存入的一个电话号码……

## 七夕里的那些陈年往事

昨天,舅舅郑重其事地给我打电话,告知舅妈要带孙女过来买电脑,让我给关照一下。

这个舅舅跟我们家没有任何血缘关系,确切地讲,他是我大舅舅的患难之交,小时候对我们照顾有加,即便是在三年困难时期,舅舅家依然是我们的避风港。由此,我们建立了比亲人更亲密的关系。别的都不说,只听我舅妈进门叫我妈妈的那一声亲热的"姐姐",就没有人能怀疑这种关系的牢固程度了。

说起来,舅舅是个有个性又有文化的人。他从小就在老革命的舅爷的教导下茁壮成长。良好的教育和乡村众星捧月般的生活环境,使他的行事风格总带着些领导风范。我知道他轻易不打扰人,

既然已经发话了，我自然认真对待。

今天一早，本想先到单位露个脸，等舅妈来了就回去陪她们。谁知我一脚刚要跨出家门，正好迎来了舅妈。在我的惊呼中，舅妈的身后又闪现出两个年轻的小姑娘。"真漂亮！"我心里说。其中一个不用问就知道是表弟的女儿，像极了表弟年轻的时候。皮肤白嫩鼻梁高耸，而眼睛又大又亮，还略显凹势，像墨西哥女人却又比她们白。而另一个则小鼻子小脸蛋，脸型精细得像雕塑，是另一种的美。舅妈介绍说，那是表弟的两个女儿，相差两岁，一个今年读大二，另一个今年刚参加完高考，要读大学了，所以今天过来给她们买电脑。

看着两个如花似玉的女孩子，我想到的是她们的父亲、我的表弟，一个不爱说话，只会抿着嘴巴压抑地笑着的小男孩。一晃，都三十多年了。我能想起的一个经典情节，是那年他带我去摘栗子，一个板栗从树上掉下来砸到他脚背上，很多硬刺生生扎进了他的脚背。我吸着冷气帮他一根根地挑出来，心里害怕得要命，不知道会有什么样的结果。只记得他依然是那样淡淡地皱眉，轻轻地安慰我。我每每想起，脚上就情不自禁地有一丝丝的麻。我不记得当年舅舅、舅妈知道了是什么心情，毕竟，表弟是他们家唯一的，也是最疼爱的孩子。这种疼爱，我想可能源于表弟当年的过敏体质，他曾经因为吃蚕豆差一点送命。在他的基因里，老天为他树了一个天敌——蚕豆，而且非常厉害。

或许正是大人的溺爱，表弟长大后成了一个老实胆小、循规蹈矩到不敢越雷池半步的人。他从不大声说话，也从不表示反对意见，高兴到极处，也只是抿着嘴笑，却从不发出半点声响。这使我非常迷惑他对快乐的耐受力，我有时候故意虚张声势，制造很大的动静，希望逗得他哈哈大笑，可他还是那样害羞，实在忍不住了就干脆转过身去，独自闷笑。

去年我去表妹家玩，碰到表弟，三十多年不见，除了表情依然故我，人真的是苍老了很多，和舅舅却越来越像，简直是一个模子印出来的。然而父子两的个性却相当迥然。舅舅是那种一个道理认到死的人。当年为了医药费他跟医院打官司，会跑到省里查资料找证据，非跟医院争出个输赢。要不是因为他是我舅舅，怕别人说我向着家里人，我还真会跟踪拍摄这个好题材，而且，题目都想好了——《某老汉打官司》，一定有收视率。因为情况明摆着，医院利用他的"你们放心治疗，别担心钱"这句话，天天给他用进口抗生素，到后来结账时才发现，舅舅的这个小小的静脉曲张手术，医生每天给他用的消炎药就要一千多块，甚至一张手术后贴的纱布，就收240元。很显然，医院把他当大款了。

这件事情让我很为难。为了避嫌，我主动把自己当成个第三者，当然也就无法为他力争。再说，医院的理由也很充分：是你自己说别担心钱的，现在给你用好药了，又嫌钱贵？我又能说什么呢？尽管舅舅的回答更在理：一个小小的静脉曲张手术，至于用这么贵的进口药吗？泱泱中国，难道连这么简单的消炎药都没有吗？当时的情景是，舅舅和医院谁也不让谁。争来争去的结果，进口药已经用了，肯定不会退的，唯有一块纱布要240元医院无法自圆其说。尽管院长的回答也很在理：我们用的纱布里是有科学含量的。但仔细想想，毕竟心虚。那块术后贴在刀疤上的纱布，怎么说也要不了240元啊。有事实为证的（舅舅很老练地一直留着那块什么也没有的纱布）。后来院长总算承认纱布钱收多了，于是关照退舅舅纱布钱200块。我打电话让舅舅来拿钱，他很坚决地说："我不会拿这莫名其妙的200块钱，要是去拿的话，也不是这区区200块钱。"其态度之坚决、神态之理直气壮，让我心里不得不佩服他的个性。

很遗憾，舅舅的这种个性一丁点都没传染给他最宠爱的儿子，却让几个女儿继承和发扬光大了。她们一个个都出落得人五人六的。尤其是我的表姐，当年在丈夫患病去世，欠下一屁股债的情况下，卖了房子，单枪匹马，租用几条船给上海运石子。如今不仅把两个女儿培养成大学毕业和研究生毕业，还在上海买了房子，全家人都移居上海定居了。

如今，当年那么瘦弱的表弟，已经人到中年，有了两个可爱的女儿，这也是上天对于他的厚爱吧？而舅舅，依然默默地在乡下的房子里生活。我能想象舅舅每餐必喝一点小酒，然后会坐在亮堂的走廊上对着外面过往的车辆若有所思。但我无法探究舅舅会想些什么，只能猜测那一刻的舅舅一定是开心的，毋庸置疑。

## 只为了那道光

有人说，在希望和绝望之间，有光就有缝隙，我们就能跨过去。

2013年，我一共去了千里之外的湖北利川三次，那么频繁的理由，是因为有光。

第一道引领我的光，是作家刘醒龙，他的《天行者》让我看到了一个作家的醒世担当，因为他写了"一部宽慰自己心灵的作品"，这是一个写作者的良知。

这第二道光么，是深藏在大山里的学生，他们几乎都有一个共同的名字——留守儿童。他们在群山的怀抱里享受着最恬美的景色，也承受着每天跋涉数十里，耗时两三个小时的路程去读书的艰难。能为这些孩子做些什么？很多人（包括我）都在想。

所幸已经有人想在我们前面了。比如湖州的一个企业家，当他面对那么多的留守儿童，当他拒绝学校为他准备的午餐，坚决端着碗，排着队，和孩子们一起在露天吃饭的时候，他已经想明白了。

如今，他的想法已经付诸现实：溪林小学的孩子们再也不用在露天进餐，不再需要走两三个小时的路去上学，孩子们大汗淋漓之后洗个热水澡也已经不再是梦想。更重要的是，溪林小学已然成了溪林村最美的建筑。教学楼、宿舍楼、食堂、洗澡间一应俱全，孩子们可以在篮球场上跳跃。这一切，全是因为那个企业家心里也是有光的。

这第三道光啊，是一个从大山里走出去的孩子。他如今在大城市里有了一个幸福的家、不错的工作，担任重要的领导职务。可是他的心，时时牵挂着家乡。在他的影响下，他的孩子会省下零花钱，寄给家乡的爷爷，他的妻子会亲力亲为，在网络上发动爱心人士，支援家乡的建设。我被他们的善举感动。所以当有一天，我们的一个企业家要跟《湖商》联手做些有意义的事时，我首先想到了请这个学子搭一座桥。后来很多人了解了我们的活动，还给我发来很多贫困学校和孩子的照片，问我，有那么多需要帮助的孩子和学校，为什么偏偏选择了千里之外的湖北省利川？为什么偏偏是忠路镇的溪林小学？我的回答是，为了一个叫溪林的孩子。

是的，一个爱家乡，爱到要用母校的名字为自己孩子取名的人，这样的爱，我们能不成全吗？

溪林是一个爱得让人心疼的孩子。她爱含羞草，爱到"冬天了，我怕它冷，轻轻地触动它一下，它一缩拢就不冷了"。

溪林又是一座小学，一座由湖商爱心撑起来的学校。从一开始简陋的教室，到如今崭新的教学楼、一应齐全的配套设施，无不凝聚了湖商和湖州社会各界人士的关心和帮助。从湖商理事会主席单位美欣达集团出资160多万元援建学校，到同样是理事会主席单位阿祥集团组织的湖州企业家和画家联手的爱心拍卖，再到《湖商》

杂志编辑部组织的湖州作家、画家、企业家代表去溪林小学支教，还有湖商理事会主席单位大东吴集团捐赠校服等，一系列的活动，毫无保留地说，是一种不拿自己当外人的做派。

2013年11月6日，当我们看那一张张沐浴着阳光的笑脸，心里溢满了高兴和幸福。那一刻，我们只想说："感谢溪林小学的孩子们，感谢你们给了我们表达爱的机会！"往自私里说，这些年我们已经把自己当成了溪林小学的在校生。如果可以，我们都想坐在这明亮的教室里，听老师给我们"讲那过去的事情"。

溪林小学有个老实憨厚的校长，他开口讲话，是"亲爱的老师和同学们"；溪林小学还有像父母一样的老师，其中两个最年轻的是刚分来的大学生。在那个目前还不通网络的地方，他们除了上课，还做饭、搞卫生、照顾孩子的冷暖。正是他们这些年无怨无悔的坚守，才有了溪林小学孩子们的今天。他们的心里，也是有光的。

中国教育的现状还不能保证教育的绝对公平，但是，只要有光，哪怕只是夹缝中的一缕光，希望就在前方。湖商理事会的能量很小，也非常有限，但如果那是希望之光，我们就有信心"面朝阳光，心暖花开"。因为，榜样的力量是穷的。

既然来不及长大,

不如从容老去。

因为我眼睛里的快乐,

是世间别无选择的幸福。

## 一场灰色的艳遇

一个在大街上偶尔遇到的主动跟你搭讪的人,你会把她当回事吗?我想,谁都不会的,我当然也是。

王月玉就是那个在大街上认识的人。

有一年我在街头遇到一个女人。当时,她迎面对我说:"你好!我发现你这个人气质特别好,愿意听听我们玫琳凯的讲座吗?就在楼上。"说着,她的手往上一指。

说实话,我很反感这种不负责任的拍马屁,也清醒地知道,她这样起劲地给你上麻油,多半是对你有所要求。如果你去听了,那接下来肯定是向你推荐她们的美容产品。

我想拒绝,可一看她满脸讨好的笑容,心就软了。觉得没有必要那么不客气地拒绝别人的好意。所以,我很委婉地告诉她,实在没有时间。但她仍是有些锲而不舍地坚持说,花不了多少时间的。看看搪塞不行,我就实话实说了:我已经有固定的美容院做美容了,在我卡上的钱没有消费完以前,我是不会参加任何其他美容活动的。

她听了以后,似乎很受打击,但还是坚持请我给她一个联系方式。她说的理由冠冕堂皇:"你是一个有文化修养的人,很想跟你交个朋友,即便是不做美容,也可以相互交流美容心得的。"当时,我很勉强地把小灵通的号码给了她。没有给她手机号码。完全是怕被她缠着。烦!

后来,老是有一个电话打我的小灵通,接了以后,发现是王月玉。她的声音热情而又带着讨好的意味,使你不忍拒绝。但又和一般想要向你推销东西,而把东西说得天花乱坠的人不一样,她多半是问候,然后客气地问有没有时间,想和我聊聊天。我自然是委婉地推辞。我知道,像这样在大街上推销美容产品的人,很不容易。女人若非万不得已,是不会在闹市区晃荡的,更何况,她已经不年轻了,还个子矮小,显得臃肿。

我完全可以不客气地说:"你先把自己美容好了再来找我。"可是不知道为什么,对于王月玉,我就是说不出这样的话,只好选择能推就推,不是单位有事,就是家里有事,不是开会,就是出差。拒绝了不下十次。到后来,实在感到为难了,就把她的电话输入"玫琳凯"三个字(当时并没有记住她的名字,尽管她一次又一次地告诉我她的名字),只要是来电显示"玫琳凯",就不接。

可是,我还是在劫难逃!

有一天,我又接到了王月玉的电话(几次不接以后,不忍心了)。她说:"麟慧,你好!今天你无论如何不能拒绝我。今天是我穿红马甲的加冕仪式,你可一定要来,帮我鼓鼓劲,你可是我最看重的朋友哦。"

天哪！这个在大街上认识的陌生人，甚至我还不记得她叫什么，却已经莫名其妙地成了她的朋友。

我实在不忍心拒绝，于是就答应晚上去，但要带一个朋友去。她赶紧说："你能来那我太荣幸了，你可一定要来啊！"

我这个人就这样，答应别人的事，就一定要做到，哪怕这件事在常人看来是那么荒唐。

当天晚上，我约了朋友，去了王月玉说的玫琳凯工作室。到了那边一看，果然有很多人。可是一个认识的人也没有。王月玉不在，工作人员问我们是谁邀请的，我都答不上来。只好说是一个女的邀请的。后来又问姓什么，我惶恐，突想起好像姓王。这样，工作人员就去里面叫了一个人出来，果然是她。

那天晚上才知道，王月玉所说的红马甲加冕仪式，其实，是一种类似职业级别晋升的仪式。内容包括那些已经穿上红马甲的人介绍经验，新取得穿红马甲资格的人表决心，等等。整个仪式感觉有些滑稽，似乎是一些小年青在狂热地搞传销。我们感觉很别扭，也很不习惯，在那里如坐针毡。可是，我既然已经答应了王月玉，只好告诉自己，一定要坚持到她穿上红马甲才走。就是这次的坚持，让我看到了一个真实的王月玉。

王月玉显然不年轻了，三十末尾四十不到的样子。看她的表情，我说的是表情，一副家庭主妇的样子。那天她说起了原先的她是一个从农村来的、对生活彻底绝望的妇女，一个产后忧郁症患者。没有人看得起她，没有工作，丈夫又离开了她。人整天惶惶惑惑、蓬头垢面，是玫琳凯让她看到了希望。说到这里，她已经泣不成声了，更不知道用什么语言来表述自己的心声。说实话，在这样的场合，她是木讷的，是缺少一定文化底蕴的，但我却被她朴实的描述和悲惨的遭遇所打动，眼泪也忍不住了。

已经很久没有接触王月玉这样的人了。我想起年轻的时候，想起那些暗淡无光，却整天疲于奔命的日子，虽然生活艰苦甚至还有磨难，但是和她相比，我在精神上是富裕的。后来，她的同伴为她穿上了红马甲。仪式结束了，我为王月玉的资格晋升而高兴，也为实现了对她的承诺舒了一口气。实在受不了那里的气氛，我们赶紧溜了。

出来以后，我给王月玉发了信息："月玉，祝贺你！我们不告而别了。抱歉！虽然很不习惯这样的氛围，但我们理解你所做的一切努力。加油！"

这以后，王月玉陆续地有电话来，有问候的，也有邀请参加什么活动的，都因为忙，没有去。

上个月，又接到她的电话："麟慧，我们今天有个美容老师来讲课。告诉你们如何认识自己的皮肤。机会很难得，你一定要来噢！"

盛情难却，又答应了，还是和先前的朋友一起去。

那天的人不多，似有专项辅导的样子。我们等了将近半个小时，美容师来了，据说是玫琳凯的美容导师。

美容师的皮肤出奇地好，白得几乎透明。精致的化妆下，原来的脸已经看不清了，依稀觉得有些脸熟，差点把她当成了另一个熟悉的人。

她仔细检查了我们俩的皮肤，说了很多保养方面的常识，还让王月玉给我们示范性地做了半张脸的皮肤护理。洗了一看，果然不同凡响。接着，又给我同去的朋友做了一只眼睛的护理，也是很显效果。复又给我做了一只手的护理。等全套程序下来以后，我感觉自己实在滑稽，花时间去让别人做阴阳脸。却终于理解，人家这是让你对比着看效果呢！

当然，后来我们都或多或少地买了一些玫琳凯的化妆品。

之后，隔一段时间，王月玉就会打电话来，提醒我们该做护理了。当然这样的护理是免费的，而且是上门服务。几次下来，我感觉有些手痒痒的，也想找个人实践一下。

那天在天目湖笔会，遇到素，看她那么不在乎皮肤护理，我就手痒痒的，想在她的脸上实践一下，于是对她说："你那么不愿意到外面去美容，不如就让我来给你做，至少让我帮你舒舒服服地洗个脸。如何？"可是她竟然说："坚决不要！"又说："你给我做面部按摩，我要发抖的。"第一次的实践梦想就这样破灭了。就想，像素这样的好朋友，是断不肯让我劳累的。就像有一年，我们一起去莫干山玩，素坚持要给我做足底按摩，我也坚决拒绝一样。后来回到家，就想在妈妈脸上动手，当然也是遭到拒绝。

一天晚上，先生说："我脸上的皱纹好像很多了，特别是额角，你看看！"我仔细端详，细纹确实很多了。机会来了，我想。赶紧讨好地说："那我给你做个面部护理吧？很舒服的。"我想，男人是很贪图感官享受的，一定不会推辞的吧。哪知，先生也是坚辞不受。

我想，或许我也应该像王月玉一样，到大街上拉一个人，动之以情，晓之以理，必能在护理上过把瘾吧！

那年路遇王月玉，很像是一场灰色的艳遇。

## 男人有梦多灿烂

2008年5月的一个下午，3点46分，我的手机收到一条信息："我已经达到西宁了，明天进入青藏线。"

没有任何感情色彩，可是我的眼前浮现的却是他那张憨厚敦实的脸。他平缓而细腻的语气很难让人跟男子汉连在一起。

在这之前跟他的接触中，我没有发现有一天会对他另眼相看。不代表他无能，实在是他太普通了。

他叫吴文星，在山里有一个农场，种了很多的梨树和毛竹，还有花木以及零星的中草药，当然还有他最引以为豪的杉木林。那一大片，就种在山上。据说，如今已经有十多年了，很多杉树的直径已经有三十多厘米，值很大一笔钱。十多年前我采访他们夫妻时，他还是个只会默默干活、沉默寡言的人。而他的妻子则相反，聪明能干还能说会道。

前些天，我突然收到他妻子文英的短信，告诉我，阿文（他的小名）要去西藏，怎么也劝阻不了。问我怎么办。

从短信中发现，阿文已经下定了决心，阻止不了。我告诉文英："与其阻止，不如支持。晓以利害，给他自由，让他自己选择。"

看来我的话见效了，文英又发信息问我去西藏要注意什么。

因为我正好在千岛湖旅游，只有简短地发信息把自己知道的注意事项告诉了她。接着，文英的电话打来了。她说："阿文在边上，大姐你跟他说说。"

我第一次跟这个憨厚的汉子认真地谈话。我问清了他的理由，很不客气地责备他，为什么独自上路而不和文英一同去？他说，摩托车只能骑一个人，在那高原上一辆摩托车的运力是很有限的。我说，为什么不开车去？又不是没车。

他告诉我，他开车的水平还不行，而骑摩托车的水平他心里是有底的。他的话朴实得没有一丁点的杂质。我也知道他们夫妻曾经骑着摩托车去北京的事，当时着实让我佩服了一把。我一时无话可说，只有不怕重复地告诉他一些注意事项。

从那天开始，我就知道了他要在这个非常时期去西藏。不仅如此，他还要顺道去云南的大理、丽江、香格里拉，然后绕道贵阳，去黄果树、桂林等地，历时一个多月。

4月30日一早六点钟，我被手机信息声惊醒，拿过手机一看，是文英发过来的，告诉我，她昨天去体育局给阿文打证明，体育局很感兴趣，认为这时候去西藏，无疑是对奥运的支持，所以无论如何要给他搞个仪式，也算是对他这种精神的一个肯定。这不，今天上午8点30分就在广场给他办了个出发仪式，还有电视台的人来采访。

我一时间不知道说什么好，感觉太突然了。原本以为他会和家里人过了五一节再走，却不料已经是在路上的人了。

30日上午我在单位开会，又接到文英的信息："他在的时候倒没有感觉，这会儿刚出门，我就觉得内心空落落的，在妹妹店里发呆呢！"我看她情绪很不好，就发信息："出来吧，我请你吃饭！"她那边马上说回过来一个字："好！"

中午，我挑了个安静的地方请文英吃豆捞。她的脸色很不好，明显的睡眠不足，可是精神却很振奋。她跟我谈起了阿文的这次出行。

在妻子的眼里，阿文是个顾家的男人。可是，做妻子的话锋一转："别看他那老实样，可有心计了。"接着告诉了我一件事：

这次要出行了，阿文拿出了一叠发霉的钱，6000元。告诉她，这是他这十多年来一张一张存起来的。她一下子惊呆了。印象中，阿文每次都毫无保留地将赚来的钱给了她，可他现在却冷不丁地拿出了这笔钱。文英想起曾经很艰难的日子，她为了生活四处借贷，阿文从没有露过半句口风。看着她为了钱那样千般为难，他竟然能视若无睹，是何居心？

末了，她说："男人怎么可以将秘密守护得这样不露声色？"

我笑着告诉她："很好理解。这是他的一个西藏梦。和财务制度上的专款专用是一个道理，怎可随便挪用？你应该感到自豪。这是一个不达目的绝不罢休的男人。这样的男人，按我们的说法，是条汉子。"

文英点点头，然后说："我这次是信了人家开玩笑说的钱多生霉了要晒晒。原来还以为只是说说而已，没想到还真有这样的事。那叠发霉的钱让我到银行里给他换了张信用卡。"

当天下午，我送走了文英后，接到了一个陌生的电话："大姐，我已经到了广德。"

我一愣神，他又说："我换了个卡，你就不知道我是谁了啊？"我突然就想起了他，赶紧说："你是阿文，你真快啊。"接着又说:"路上注意安全,千万别赶时间。"

这以后,我几乎每天都能收到他的信息:

2008年4月30日

"我已经到了河南同陕西的交界地。"

"哦,真快!"我答。

2008年5月1日

"我已经到西安了。"

"噢。"这个时候总是觉得我的词汇太少,只好重复说一遍:"真快!"我答。

2008年5月2日

"今天到距兰州五十公里的定西市。"

"噢,别急着赶路,好好看一路的风景,还有照片,要拍一些。当然安全还是要第一,祝一路快乐!"我答。

2008年5月3日

"我已经达到西宁了,明天进入青藏线。"

"噢,美丽的西藏在眼前了,你也该美梦成真了。回来请你喝茶,听你讲故事。独家故事哦,除了你老婆文英,谁都不许先说啊。"我答。

我知道，就阿文一说话就脸红的德行来说，他更多的故事是在心里。就比如他这次出行，他准备了十多年，即便在那么困难的日子，他都没有动摇过这个决心。这样的男人就像一本厚重的书，是经得起时间推敲的。女人只需要在漫长的岁月里细细品读，会越读越有味道。

那次阿文回来，跟我们聊起了很多途中见闻，相比以前，他自信，善于表达，一改原来的他。

后来，阿文带了一家人，开车去了新疆、西藏。路途上的故事，还来不及分享。如今，在他的农庄里，还停着一辆帅气的摩托车，说起来，价格不比一般的汽车便宜。我知道，那不是看看的，而是代表了随时出发。

而我就只有感慨了，认识一个男人是一件多么简单又多么复杂的事啊。你要看他是不是优秀，只需看他是不是有梦。

男人有梦多灿烂！

## 亚妹队长

当年，农村妇女的直接领导是妇女队长。我插队所在的自然村叫铁店兜，妇女队长叫亚妹。亚妹当年二十七八岁，一头黑黑的短发和一张黑黑的脸。

说实在的，亚妹的长相的确不怎么样。她的五官分开看很漂亮，大眼睛、双眼皮、高鼻梁、厚嘴唇（那时性感一说还不像今天这样流行），但这些器官放在一起偏偏不美观。眼睛大，就显得有点儿往外突；鼻梁挺，又显得有点儿宽；嘴唇厚，却有点儿往外翻。特别是脸上的肉，因为胖，就使劲地往中间挤，使她的脸看上去有点像圆圆的土豆。

亚妹很勤劳，干活总抢在前面，收工总是留在最后。回到家，不是忙自留地，就是洗衣、做饭、带孩子。她像农村妇女那样高声地说，畅快地笑。她的话和她的笑就像她脸上的肉，厚实而有爆发力。因此，亚妹就像一道不太漂亮的风景，不能吸引我走近她。

亚妹的丈夫叫金水，平时话语不多，但说出的话却像一根根软软的刺，让人听了如同鱼刺卡在喉咙口。对于知识青年下放到农村这一现象，金水也有一番理论："一碗汤里多几个人舀。"把知青比成了去跟农民抢饭吃，我听了自然不舒服。因为这，我很自然地把金水归到了落后分子一类，并为亚妹有这样一个丈夫而感到深深的遗憾。

真正了解亚妹是在1977年的11月，一个秋收大忙时节。改革的春风已悄悄地刮到了我所在的生产队铁店兜。村里虽然不敢明目张胆地搞土地私人承包，但已经开始实行集体包干制，即把一个村分成若干个组，各组分配同等的劳动量，谁先完成谁先收工。尽管分配的劳动量很多，但因为有了一个明确的目标，妇女们的干劲就都很大。都想着快点干完，早点回家烧饭、抱孩子。太阳还没下山，一个组就完工回家了。我所在的组却还有一大片稻田没割完，而我，已经筋疲力尽了。到后来，只能割一把稻子放在面前，然后双膝跪在稻秆上前行。就这样割一把稻子往前挪一步，每往前挪一步都要费很大的力气。而这时，我的另一个知青同伴让她的农村师傅换走了（她的师傅完成了自己组里的活来替她了。我下乡早，没有农村师傅），我却只能继续坚持，割稻的速度越来越慢了，远远地落在了其他妇女的后面。

太阳渐渐向山下落去，此刻城里的同学大概正捧着热腾腾的饭碗与家人谈笑就餐吧，而我不会干农活，只能又累又饿地在田里割稻，收不了工。心里的委屈一阵接一阵，又生怕自己的无能会影响全组的进度，心里又愧疚得慌。再看周围，同组的妇女们都在埋头割稻，整个稻田里安静得只剩下割稻的"沙沙"声，全然没有了往日的喧闹。

疲劳一阵阵袭来，心里更觉得无助。这时候，一声柔柔的"麟慧，回去吧"，把我从凄苦的沉思中惊醒。我抬头一看，是妇女队长亚妹那张满是汗水的脸。一时间，我竟呆呆的不知身在何处，也不知道她在对我说些什么，只看到她显得有些臃肿的脸在向我微笑。

亚妹队长把我扶起来，有些怪罪地看着让我跪过的稻秆，就急急地催我回家。她完成了那个组的劳动量过来替我了。我犹豫了片刻，便头也不回地走了。不知道为什么，我没有说一句感激的话，仿佛有谁在背后追着我。

回家的途中，我百感交集，行动却有些怪异，记得是跳着舞步回家的，全然不管路上的乡亲看到了会怎么想。一到知青屋，我反手将门锁上，就趴在桌子上使劲地大哭，将那些长期以来忍受艰苦生活的委屈，将我内心一直以来对亚妹队长的拒绝，将我在那个艰苦而又民风淳朴的环境里所有的感动，一股脑儿地宣泄出来……

那以后，我见到亚妹队长，仍然羞于开口，但内心与她亲近了许多。而她就像与我有着某种默契，也不跟我多谈笑，但我知道，她在默默地当着我的农村师傅。农忙时节，收工后每人都会分到一些稻草之类的农副产品。许多时候，我前去领取时，总是没有了，然而回到家，这些东西却已经在家等我了。没人告诉我是谁帮我挑回来的，我也不去问。一次，到乡下来帮我烧饭的妹妹问我："常帮你挑稻草回家的那个女的是谁？"我不耐烦地说："你看到了不知道，我没看到怎么知道？"其实我知道是亚妹队长，但我不愿说。我固执地认为，这是我与亚妹队长的心灵感应，就像美丽平静的湖面，是不容被打破的。

不知道现在已当上奶奶的亚妹队长是否知道，多年后的今天，仍然有一个女人在默默地惦记着她，并一直坚持着对她心存感激却不肯说一句"谢谢"。因为这个女人认为，这是那个年代留给她的最珍贵的让所有文字都逊色的情感。这情感让她在以后的岁月里，不管遇到多少艰难曲折，不管遇到多少人生险恶，始终都在内心深处给自己留有一块洁净的空间，对生活充满感激，对未来充满希望。

## 窃花有道

这几天树上的白兰花明显少了，我把这归结于受了"严妖"的摧残。"严妖"是我闺蜜，也是我们家的朋友。每次她来我们家，总要把花摘得一朵不剩，简直就是扫荡。有时候，看着被她摘得空空如也的白兰树，心中不免郁闷。这个人也真是，喜欢什么东西，也不能独吞啊。

有一天，她打电话来问我，树上还有白兰花吗？我告诉她没有了，被她过分采摘伤了元气了。还告诉她，她已经成为我们家不受欢迎的人了。她居然哈哈大笑，一副胜利者的姿态。

上周六一大早，她打来电话，说做了寿司，问我要不要。我答，太麻烦的话就不要了。如果是个顺水人情是要的。毕竟我喜欢日本料理，特别是三文鱼，格外喜欢。

那天她真把寿司送来了。

没想到，做事向来毛毛糙糙的"严妖"做的寿司，不仅味道好，还色泽漂亮，连我那向来不爱吃米食的妈妈也吃了好多块，侄子更是吃了很多。寿司这么受欢迎，我就知道，她做得确实地道。

在我们家，侄子的嘴巴刁是出了名的。凡他说好的，就一定好。我尝过以后，也不得不对"严妖"伸出了大拇指。

那天，"严妖"在我们家待了大半天。不断地进进出出，后来才发现，她是惦记我们家院子里的白兰花。只可惜，她不懂白兰花是在夜间开的，只好失望而归。

过了几天，她又打电话来，问家里的露天茶室开吗。我告诉她，不怕蚊子咬，就过来吧，茶随时都有。于是，她过来了。

我们俩在花园里有一搭没一搭地聊天，她却心不在焉，老是去看白兰花开了没有。我猛然发现，她来喝茶是假，惦记我们家白兰花才是真的。"完了。"我心里暗暗叫苦。碰到这个混世魔王，我们家白兰花就遭殃了。为了打击她的热情，我就说："你看着它，它就偏不开的，不信你试试。"

那天她真有耐心，直等到花儿开了，全部摘了才离开。

我想想白兰花，是有些心疼，她怎么能一朵都不给我们留呢？再想想她大热天的做了好吃的送过来，也是一份情谊。白兰花原本不可以和寿司画上等号，但朋友间的这种交流，却是无价的。说起来是心疼，其实还是开心和自豪的。所谓美德之一，便是授人玫瑰，手有余香。有朋惦记我们家的白兰花，那香的芬芳，不是更浓了吗？

"严妖"，你就惦记我们家白兰花吧！哼哼……

## 四个"小朋友"

**拉拉**

拉拉是丽江"有家客栈"的一条狗,一条人见人爱的漂亮的狗。它对人的友好可以从它充满欲望看着你的眼神说起。

第一次见拉拉,我被它吓一大跳,冷不丁地从我身边冒出来,只因为它看到我手中拿了一个罐头。于是女主人骂了它一句:"拉拉,你就看不得别人吃东西。"当时我很汗颜,因为我手里没有拉拉能吃的东西。尽管这样,拉拉并没有因为我没给它吃的而对我有成见。我喊它名字"拉拉",它依然跑得很欢,让人忍不住看到它就想喊一句"拉拉"。多好听的名字啊,叫起来像唱歌。

从泸沽湖回来,图省事,我在外面吃过了饺子才回客栈。还没到门口,就看见拉拉冲了出来,我一喊"拉拉",它扭头就跟着我回家了。

那天,回到旅社天已经大黑了,拉拉却能老远闻声,赶出来迎接。这份情意让那个晚上变得如客栈里那炉炭火般温暖。

别看拉拉是条温顺的狗,它脾气大起来,还真不饶人。比如,它绝对不能忍受与其他动物分享人类的亲情。一次,拉拉看到一只猫进了客栈,不由分说就冲了过去,不一会儿,拉拉已经威风凛凛

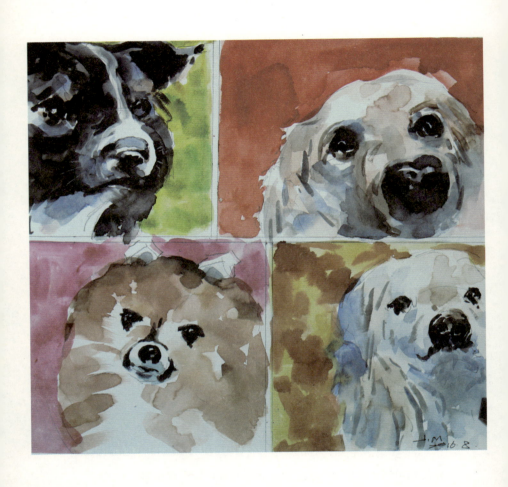

地站在那里唱赞歌了。

拉拉忠实而聪明，凡到客栈的客人，它一律视如家人，亲热地接纳。它能根据主人的指令坐下或者跟人握手，动作标准规范。可惜我走的时候，光顾着拉拉的眼神了，忘了跟它握个手，道个别。这样也好，我明年再次去丽江就有了理由——看拉拉去！

## 英雄

英雄是我在泸沽湖的"岛上人家"住宿时见到的一条狗。黑色的，看起来精瘦，有点凶。因为有了对拉拉的好感，我见到英雄的时候，就没有了往常的胆怯。

和拉拉比起来，英雄好像少了对人的亲热。它对我这个陌生人既不亲热，也没有敌意，更多的是漠视。好些时候，英雄不见踪影，也不知道忙什么去了，偶尔见到，我喊它，它也只是淡然地看我一眼，一副心事重重的样子。或许到"岛上人家"的客人多，它已经习惯了人来人往。

那几天，"岛上人家"的主人去丽江进货了，等回来的时候，英雄好像也没有特别的亲热，一副宠辱不惊的样子，让人忍不住联想到"谦谦君子"四个字。主人见英雄这样无所谓，很有些失望。以前一直培训它的所有努力，都因为几天的疏远而荒废了。英雄对于主人的指令漠然视之。"完了，它把我们教给它的都忘了。"女主人静儿失望地说。

临走的前一天晚上,我和"岛上人家"的主人一起烤火,炉火上炖着当地的美酒。静儿说:"这种酒要喝热的才香呢。"我眷恋这温暖的时光和场景,拿出相机准备拍摄,英雄过来了,猫也来了。我猜是它们也闻到了酒的香味。英雄冲过去想把猫赶走,一阵厮打,败下阵来的却是英雄。男主人竹知平措觉得很没面子,没好气地说:"真是徒有'英雄'的虚名。"引得我们哈哈大笑。当时的情景,真是"英雄气短,儿女情长"啊。

**游游**

游游是我在泸沽湖四川大凉山区看到的一条狗,它属于"游走部落"旅社的主人。

12月4日我去大嘴岛参观,见到一个写着"游走部落"字样的牌子,我猜是旅社,走近一看果然是。旁边还有一块牌子写着:"我不想征服自然,也不想征服自我,我只想自由行走,从一个地方到另一个地方,从白天走到黑夜,从旧走到新,从无走到有,从悲走到喜,从陌生走到熟悉,从我的心里走到你的心里……我们之间有多远?只有一个眼神的距离。"

一个喜欢在路上的人是什么样的?我立马充满了好奇。

接着我又看到旁边有一块牌子上还歪歪斜斜地写着:"行走让

幸福如此简单。"

行走会有怎样的幸福呢？我很想亲身感受一下。

一个在旅途上的人，因为没有了外界人为的打扰，思想就会赶来和他做伴。这个时候，你能说他是寂寞和孤独的吗？

我跨进院子的大门，主人好客地迎了出来，他热情地请我喝茶，给我泡山上采来的野茶。开始我以为是茉莉花茶，喝了才知道不是，但味道很好，清香扑鼻。

主人的身边有一条漂亮的狗，见人就摇尾巴，喜欢围着人转。这是我这些天来，在云南，不，确切地说，是在泸沽湖四川大凉山境内的大嘴岛认识的第三条狗。

从聊天得知，主人从西安来，初次见面，我不好意思问他姓名，只知道他喜欢徒步旅游。来过这里五次，最后一次到这里以后，就留在这里了。这样的随性，真的不同寻常。或许是他的家乡西安太干燥了，他说，他特别喜欢安静，一直梦想着住在有水的地方。

听着主人说他的行走，我的思绪却飞到了远处，看到的是一个行走的人和一条漂亮的狗。

应该讲，这是我见到过的最安静的一条狗。它好像很温柔，我们聊天的时候，它安静地坐在那里一动不动。即便我把镜头对准它的时候，它依然端坐在主人的旁边，一副骤然临之而不惊的模样。

那是泸沽湖的午后，阳光照进主人的茶吧，因为有驾驶员等着，我使劲地抵御想要进去喝茶的愿望，告诉自己，把机会留给下次吧。

也许那个时候，我会和一个朋友再次光顾这个"不播种爱情，只孵化浪漫"的地方。

要走了，我挥挥手，和游游以及它的主人道别。内心却在替主人担忧：在这个远离家人的地方，他一个外乡人能坚持多久呢？他在这里也该有自己的爱情吧？主人似乎听到了我内心的问话，他说：想那么多干吗？有人把死的事情都想好了，可人会怎么死谁知道呢？能快乐就快乐些吧。

"能快乐就快乐些吧！"这是我此去丽江和泸沽湖听到最多的话。是的，能快乐就快乐些吧，把痛苦和忧伤留给昨天，快乐属于现在，属于明天，属于将来的分分秒秒。

## 鲁卡

此次去云南，我认识的第四条狗是丽江班达酒吧那对年轻夫妇养的一条贵宾犬，名叫鲁卡。它毛发浓密，身材娇小，穿着主人买的衣服，看上去真像是一只玩具狗呢。

在夜幕中穿梭于丽江的小巷，特别是在酒吧一条街上走了两个来回，我也没勇气走进酒吧喝酒听歌。一方面是对自己的酒量没有信心，另一方面也是受不了从各个酒吧冲出来，又汇成一股巨大声响嘈杂声。在三过店门而不入以后，我终于走进了一家相对僻静的酒吧——班达酒吧。才进门就看到炭火炉边站着一条小巧玲珑的狗。它咖啡色的绒毛浓密光亮，还穿了件红背心。

它看上去那么小，叫声却异常响亮和凶悍。但一听到主人让它闭嘴，立马就安静了。

主人告诉我它叫鲁卡，是一条贵宾犬。别看它叫起来那么凶，当客人坐下，被它认作朋友时，它就像个老朋友般扑向店内的客人。只要客人的眼睛不是专注地盯着台上的歌手而是看着它，它就拼命往客人身上扑，还想舔遍客人身上的每个地方。

主人是个年轻的妹妹，没事就喜欢抱着狗抽烟。只有在为客人服务的时候，才会放下狗，让它独自烤火。

那天晚上丽江很冷，酒吧内虽然有炭火炉，但因为门开着，不在炭火炉旁边的人依然感到冷。酒吧的主唱歌手感冒了，顶替他唱歌的那个小伙子积极性很高，但水平不行，把个好好的歌唱得鬼哭狼嚎似的。我听了几首歌，喝了杯热牛奶，不到散场就回旅社了。为了表示对提前退场的歉意，我还郑重其事地跟鲁卡握了握手。

我小时候被狗咬过，一直很怕狗。这次去云南丽江，一下子认识了四条狗，它们的友好颠覆了我由来已久的对狗的害怕。我总结这风格不同的狗，觉得最讨人喜欢的是拉拉，最漂亮的是游游，徒有其名的是英雄，最古灵精怪的是鲁卡。

来不及长大就老了

## 五块钱的爱情

爱情有价吗？如果有价的话，那又该值多少？

很多人对这个问题很不屑，认为这么简单的问题没什么好问的。匈牙利著名诗人裴多菲有一段名言："生命诚可贵，爱情价更高。若为自由故，二者皆可抛。"我想，爱情在有条件的时候可以抛掉的话，那说明它也是有价的吧。只有无价的东西，我们才能把它视为珍贵，不肯随意抛弃。

只是，爱情到底价值多少，确实是很难说了。

前几天听同事说到他的恋爱史，突然发现，其实爱情有时候是有价的。

同事认识女友的时候正值在部队当兵。那个时候的他，已经是连指导员了。有热心人就给他牵了一条红线。姑娘是他家乡一个学校的教师。

想象那是一个风光明媚的春天。小草开花了，空气里弥漫着醉人的芬芳。这时候，燕子衔来一封远方的信。急切地拆开后，一张照片飘然而落。于是，赶紧捡起。跑到没人的地方，细细端详。照片上，一个姑娘长发飘飘，斜卧在草地上。脸上荡漾着春天的微笑。多么柔顺的头发！同事的心狂跳不已。仿佛姑娘就站在眼前。

当时，他都没有仔细看姑娘的脸，就在心里认定，就是这个人了。用同事今天的话说，他们当时还没有见面就决定结婚了。

这种一见钟情的事，在小说中已经给说得很多很滥了，实在没有什么新意。而我想的是，照片这种东西太具欺骗性了。如果见了面以后，心中所想念的那个她不是现实中的模样，该如何收场？

事情的发展正如我的想象。那一年同事回家探亲，实质是相亲。一回到家，放下背包就到学校门口去等，他要看看那个在通信中已经爱得死去活来的她。

一个个的年轻教师出来了。很快，一个梳着短发的姑娘轻盈地走了过来。怎么这么脸熟，像在哪里见过似的，同事一时迷惑起来。而姑娘也看着他，眼神是那么的熟悉。"她那一头漂亮的长发哪去了？""他怎么就这么小的个头？"这才恍然大悟，原来就是她和他。

"你是××老师吧？"

"是的。你是？"

"我是×××啊！"

两个人就在这样的场合相识了。

那个时候，已经到了晚饭时间。同事带着姑娘到一家小面馆，掏出仅有的五块钱，给自己和姑娘每人买了一碗面条，这就花去了四元钱。出了面馆，去散步，走着走着，又花掉了那最后一元钱，给姑娘买了一包橄榄。然后把姑娘送回了家。

当时,这两个相爱着的年轻人回去以后心情怎么激动,又如何忐忑不安,都不在这儿细说了。我只知道,当初的两个年轻人,如今还是那么相亲相爱。当我问到,他们当年看到对方不是照片上的样子是不是很失望时,同事的回答很出乎意料:"是啊,看到自己最钟情的长发没有了当然失望。但她看到我原来也没那么高,一米七还不到。两相都降一个平台,天平还是平稳的啊。"

这就是被戏称为"五块钱的爱情"的故事。

五块钱不多,但那是当时同事身上仅有的钱。虽然倾其所有也只能吃两碗面条,但同事还不忘把余下的那最后一块钱,买了一包女孩子喜欢吃的橄榄。那种细致入微,焉是常人能做到的?

五块钱不多,但它代表了全部,这个意义就大了。一个能把身上所有的钱都拿来与你分享的人,应该是靠得住的吧!这个时候,我们谁能说爱情是无价的呢?